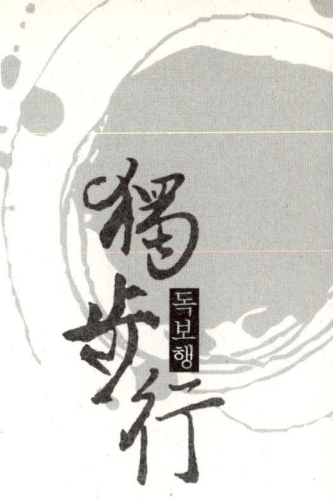

獨步行
독보행

임영기 新무협 판타지 소설

FANTASTIC ORIENTAL HEROES

# 독보행 5

임영기 新무협 판타지 소설

초판 1쇄 찍은 날 § 2013년 4월 16일
초판 1쇄 펴낸 날 § 2013년 4월 22일

지은이 § 임영기
펴낸이 § 서경석

편집부장 § 권태완
편집책임 § 박가연
디자인 § 신현아

펴낸곳 § 도서출판 청어람
등록번호 § 제1081-1-89호
등록일자 § 1999. 5. 31
어람번호 § 제2-2327호

주소 § 경기도 부천시 원미구 심곡2동 163-2 서경B/D 3F (우) 420-822
전화 § 032-656-4452팩스 § 032-656-4453
http://www.chungeoram.com
E-mail § chungeorambook@daum.net

ⓒ 임영기, 2013

ISBN 978-89-251-3256-3 04810
ISBN 978-89-251-3153-5 (세트)

※ 파본은 구입하신 서점에서 교환하여 드립니다.
※ 저자와 협의하여 인지를 붙이지 않습니다.
※ 이 책은 도서출판 청어람과 저작자의 계약에 의해 출판된 것이므로,
   무단 전재 및 유포·공유를 금합니다.

5

원한은 강물처럼

獨步行
독보행

임영기 新무협 판타지 소설

FANTASTIC ORIENTAL HEROES

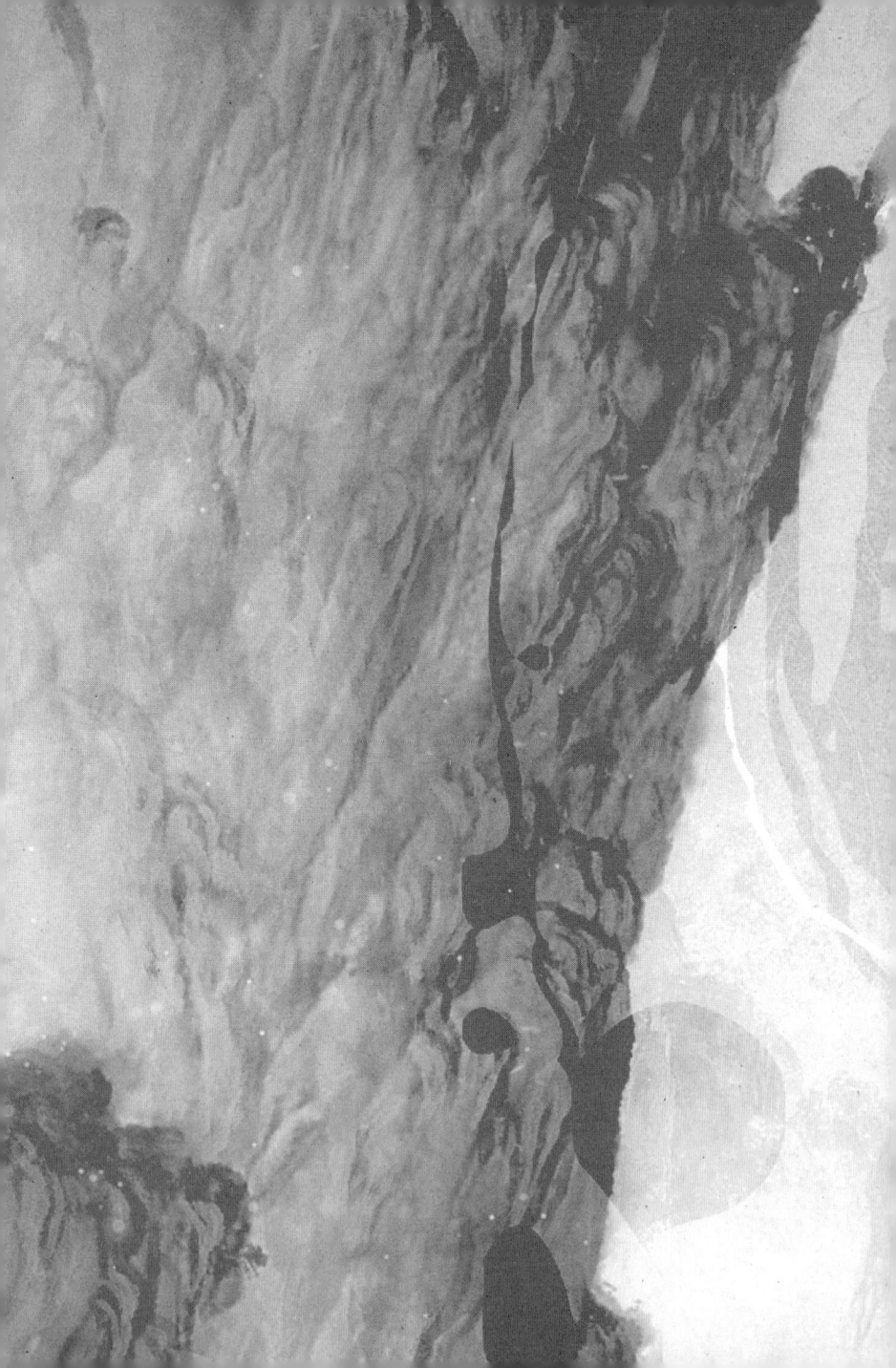

| | | |
|---|---|---|
| 제45장 | 사나이 눈물 | 7 |
| 제46장 | 물에 젖은 여체 | 33 |
| 제47장 | 삼족오무(三足烏舞) | 57 |
| 제48장 | 추악한 욕정 | 83 |
| 제49장 | 원한의 북상(北上) | 117 |
| 제50장 | 돌아온 낙수천화 | 141 |
| 제51장 | 아란과 청향 | 167 |
| 제52장 | 머리에 똥만 들었다 | 193 |
| 제53장 | 심계원모(深計遠謀) | 221 |
| 제54장 | 강상혈전(江上血戰) | 247 |
| 제55장 | 북금창(北金廠) | 273 |

# 第四十五章
사나이 눈물

형산에서 발원하여 남쪽으로 흐르는 두 개의 강 중에 하나가 고수(庫水)다.
　고수는 형산 남쪽의 완만하고 넓은 구릉을 지나서 평야 한복판을 흐르다가 형주(荊州)에서 장강으로 유입되는 길이 이백여 리 남짓의 짧은 강이다.
　강을 끼고 드문드문 작은 마을들이 흩어져 있으며, 마을 사람 대부분이 평야에서 농사짓는 것이 주업이고 강에서 물고기를 잡는 것이 부업이다.
　형산 남쪽 산등성이 아래 고수 강가의 첫 번째 마을은 동백촌(冬柏村)이라고 하는데, 산자락에 동백이 지천으로 자라고 있어서 붙여진 이름이다.

이곳은 아직 평야가 본격적으로 시작되지 않은 지대라서 마을 사람은 대부분 산자락에 밭을 일구거나 강에서 고기잡이를 해서 생활하고 있다.

강 언덕에 띄엄띄엄 흩어져 있는 동백촌 삼십여 호의 집 중에서 가장 상류 쪽으로 뚝 떨어져서 위치해 있는 한 채의 다 쓰러져 가는 초옥이 있다.

그곳이 칠십의 홍(洪) 노인과 열일곱 살 어린 손녀 단둘이서 살고 있는 집이다.

열일곱 살 산골 소녀 홍수아(洪秀雅)는 바람만 세게 불면 금방이라도 무너져 버릴 것 같은 초옥 앞에 나와 산 쪽을 바라보며 초조한 표정을 짓고 있다.

산골의 저녁은 다른 곳보다 일찍 찾아온다. 해가 서산으로 뉘엿뉘엿 넘어가고 있는데 산으로 약초를 캐러 간 할아버지가 아직 돌아오지 않았기 때문에 홍수아는 얼굴에 잔뜩 걱정스러운 표정을 지은 채 초조함을 떨치지 못했다.

동백촌에서 홍 노인만큼 형산에 대해서, 그리고 약초에 대해서 잘 아는 사람은 없다.

그는 침술이나 진맥 같은 것은 일체 할 줄 모르지만 형산에서 약초를 채집하는 것이나 약초의 효능에 대해서는 일가를 이루고도 남을 경지에 이르렀다.

그 덕분에 칠순이 넘은 나이로 힘에 부친 농사일이나 고기잡이를 제대로 하지 못해도 약초를 캐서 환으로 만들어 판 돈으로 조손 두 식구가 밥을 먹고 사는 데에는 그다지 지장이 없었다.

잠깐 사이에 서산 너머로 해가 지고 주위가 어두컴컴하게 변하자 홍수아는 울상이 되었다.

그리고는 예전에 산에 갔던 할아버지가 다쳐서 겨우 집에 돌아왔었던 기억이 반사적으로 떠올랐다.

그래서 혹시 할아버지가 지금도 어딘가 다쳐서 험한 산중에 쓰러져 있는 것이 아닌가 겁이 더럭 났다.

"수아야."

그때 산 쪽 어둠 속에서 늙수그레하며 자상한 목소리가 들려오자 홍수아는 반가운 얼굴로 넘어질 듯이 그곳으로 뛰어갔다.

"할아버지!"

어둠 속에서 나타난 홍 노인은 달려와서 안기는 홍수아의 머리를 쓰다듬으며 자상하게 미소 지었다.

"할애비가 늦어서 걱정했느냐?"

"그걸 말이라고 해요?"

홍수아는 새침한 얼굴로 홍 노인의 가슴을 두드렸다.

홍 노인은 거친 갖옷을 입었으며 칠순 나이답지 않게 건강한 모습이다.

반백의 수염을 길렀는데 얼굴에는 소년처럼 붉은 기운이 감돌고 눈빛은 매우 맑았다. 철마다 좋은 약초를 채집하여 복용하기 때문이다.

그는 홍수아와 함께 걸어오다가 집 쪽을 쳐다보았다.

"청년은 깨어났느냐?"

홍수아는 고개를 가로저었다.

"전혀 깨어날 기미가 보이지 않아요."

그녀는 걱정스러운 표정을 지었다.

"저러다가 영영 깨어나지 못할까 봐 걱정이에요."

보름 전에 홍 노인과 홍수아는 강에 쳐놓은 그물을 아침 일찍 걷으러 갔다가 그물에 걸려 있는 한 구의 시체를 발견하고 기겁했었다.

시체는 강 상류에서 떠내려오다가 그물에 걸린 듯했는데 그 모습이 참혹하기 짝이 없었다.

홍 노인은 시체를 수습하여 매장이라도 해주려다가 다시 한 번 크게 놀랐다.

시체가 아니라 아직 살아 있었기 때문이다. 숨소리는 거의 들리지 않았으나 심장의 박동과 맥박이 극히 미약하지만 뛰고 있는 것을 확인했다.

홍 노인과 홍수아 조손은 서둘러서 시체, 아니, 청년을 집 안으로 옮기고 그때부터 그를 살리기 위해서 보름 동안 온갖 정성을 쏟고 있는 중이다.

"이제 깨어날 게다."

홍 노인은 자신의 등에 메고 있는 약초 봇짐을 툭툭 건드리며 빙그레 미소 지었다.

홍수아는 기쁜 표정을 지었다.

"오래 묵은 하수오(何首烏)를 발견하셨어요?"

"오냐."

홍수아는 눈을 반짝거렸다.

"얼마나 된 거예요?"

"허헛! 족히 천 년 이상 묵은 하수오다."

"와앗! 정말 잘됐군요!"

홍수아는 펄쩍 뛰며 기뻐했다.

약초꾼들 사이에서는 천 년 묵은 하수오가 영물(靈物)로 통한다.

약초꾼 생활을 평생 해도 구경조차 하지 못하는 사람이 대부분이다.

천 년 묵은 하수오를 건강한 사람이 복용하면 불로장생하고, 죽을병이거나 아무리 심한 중상을 당한 사람이라도 이것을 복용하면 훌훌 자리를 털고 일어난다고 믿기 때문이다.
 그밖에도 여러 놀라운 효능이 더 있으나 알려진 바는 그리 많지 않다.
 천 년 묵은 하수오를 직접 복용했다는 사람이 극히 드물기 때문이다.


 그물에 걸렸다가 홍 노인과 홍수아에 의해서 건져진 청년 대무영은 십육 일 만에야 죽음처럼 깊고 길었던 혼절에서 마침내 깨어났다.
 그가 눈을 떴을 때는 회색빛의 부옇고 날카로운 여명이 창틈으로 스며들고 있는 새벽이었다.
 방금 깨어난 그는 아직 상황 판단이 되지 않았다. 그래서 눈을 뜨고 움직이지 않은 채 눈동자를 이리저리 굴려 주위를 살펴보았다.
 시커멓게 때가 절고 거미줄이 쳐져 있으며 구멍이 숭숭 뚫린 더러운 천장이 제일 먼저 눈에 띄었다.
 그리고 천장과 다를 바 없는 벽과 깨지고 낡은 몇 가지 가구 따위가 보였다.
 그렇게 살피고 있는 도중에 갑자기 그의 머릿속에 마학사의 모습이 파도처럼 확 떠올랐다.
 '마학사 이놈!'

그와 동시에 마학사가 자신에게 했던 짓과 철심도 진명군이라는 자의 도에 가슴이 베어져서 천길만길 낭떠러지로 추락했던 일이 떠오르자 가슴속에서 주체하기 어려운 천불이 치밀었다.

극심한 분노 때문에 반듯한 자세로 누워 있는 그의 가슴이 들썩거렸으며 온몸이 부들부들 떨렸다.

그 일이 얼마나 골수에 사무쳤으면 깨어나자마자 머릿속에 가득 차올랐으며, 그 다음에야 자신이 죽은 것인지 살았는지 생사를 확인하겠는가.

잠시가 지나 간신히 분노를 억제한 후에 그는 다시 조심스럽게 주위를 살피는 일을 계속했다.

그런데 어느 순간 그는 눈동자만이 아니라 고개가 움직여지고 있다는 사실을 깨닫고 움찔 놀랐다.

그는 주지화를 데려간 무일쌍절의 일편절 나운정에게 당해서 손가락 하나 까딱하지 못하는 신세가 됐었다.

게다가 철심도 진명군에게 가슴에 깊숙이 일도를 베인 후에 낭떠러지에서 떨어졌기 때문에 천행으로 살아났다고 해도 더욱 극심한 상태여야 마땅하다.

그런데도 주위를 살피는 와중에 고개가 저절로 움직여졌으며 더 놀라운 것은 몸 어디 한군데 아픈 곳이 전혀 없다는 사실이다.

움찔 놀란 그는 긴장한 표정을 지으며 천천히 상체를 일으켜 보았다.

그런데 역시 어디 한군데도 아픈 곳이 없다. 신기하기 짝이 없는 일이다.

그는 일어나 앉아서 주위를 둘러보았다. 지금 상황을 이해하려면 이곳이 어딘지를 알아야 한다.

그가 있는 곳은 한 칸의 방이었다. 아니, 방이라기보다는 실내의 전부였다.

그리고 뜻밖에도 그의 왼쪽에는 매우 남루한 옷을 입은 댕기머리를 한 소녀가 그를 향하여 옆으로 웅크리고 누워 팔베개를 한 채 곤히 잠들어 있었다.

그것은 누가 보더라도 대무영을 보살피다가 깜빡 잠이 든 모습이라는 것을 짐작할 수 있다.

그리고 대무영의 오른쪽 약간 떨어진 곳 바닥에는 한 노인이 남루한 이불을 덮고 반듯한 자세로 자고 있었다.

대무영이 보기에 소녀와 노인은 조손 관계인 듯했으며, 이들이 그를 구해준 것 같았다.

이들의 모습으로 봐서는 예전 대무영이 지지리도 못살 때 모습과 별반 다르지 않았다.

그런데 어떻게 해서 이들이 자신을 구해주었는지, 그리고 몸이 조금도 아프지 않게 치료를 한 것인지 선뜻 이해가 되지 않았다.

 대무영은 두 사람을 한동안 관찰하듯이 살펴보다가 다시 실내를 둘러보았다.

 그가 앉아 있는 곳에서 이 장쯤 전면이 주방인 듯한데, 제대로 구색을 갖춘 주방이 아니라 바닥에 돌 몇 개가 얼기설기 놓여 있는 곳에 재가 수북한 것을 보니 그곳이 불을 지펴서 요리를 하는 화덕 역할을 하는 곳이고, 주변에 낡고 찌그러진 냄비와 솥 따위 부정지속(釜鼎之屬)이라고도 할 수 없는 세간 몇 개가 가지런히 놓여 있었다.

 예전 대무영이 찢어지게 가난하게 살았을 적에도 이것보다는 나은 형편이었다.

 그렇지만 지지리도 궁상스럽고 형편없는 집 안인데도 나름대로 모든 것들이 깨끗하게 정리되어 있었고, 다 낡은 가구나 옷가지들도 깨끗했다.

 그로 미루어 이들 조손은 비록 가난하지만 부지런하고 성실하다는 사실을 짐작할 수 있었다.

 이어서 그는 마지막으로 자신의 몸을 살펴보았다.

 그의 상체는 알몸이었다. 진명군의 도에 베인 가슴에는 낡았지만 깨끗한 헝겊이 붙어 있었다.

 이들 조손이 치료를 해준 모양인데 희한하게 조금도 아프지 않았다.

그가 자신의 몸에 덮여 있는 누덕누덕 기운 두툼한 이불을 걷어보니 역시 아랫도리도 알몸이었다. 치료하느라 옷을 벗긴 모양이다.

그는 뭔가 입을 만한 마땅한 옷을 찾으려고 주위를 두리번거리다가 자신의 뒤쪽 바닥에 놓여 있는 눈에 익은 물건들을 발견했다.

동이검과 망사피로 만든 검초, 망사피 쪼가리로 만든 작은 주머니 하나, 다섯 자루의 수리검, 그리고 항상 그의 목에 걸고 있던 목걸이 어천이었다.

이들 조손에게 구해졌을 때 그가 다행히 이 물건들을 지니고 있었던 것 같다.

검초와 열두 개의 망사린이 담긴 망사피 주머니는 몸에 단단히 부착하고 있었기 때문에 그 난리에도 잃어버리지 않았던 것이다.

원래 수리검은 이십 자루였으나 다섯 자루만 남고 나머지는 잃어버렸나 보다.

제일 중요한 것은 어천이고 그 다음이 동이검이다. 수리검이야 병기전에서 다시 또 구하면 된다.

대무영이 손을 뻗어 어천을 집어 목에 걸고 있는데 옆에서 늙수그레한 목소리가 조용히 들렸다.

"깨어났는가?"

대무영이 쳐다보자 홍 노인이 부스스 일어나면서 그를 보며 쭈글쭈글한 얼굴에 선한 미소를 지어 보였다.

홍 노인의 말소리에 웅크려 자던 홍수아도 깜짝 놀라는 얼굴로 일어나서 대무영을 바라보았다.

"아아… 깨어났군요!"

홍수아는 더할 수 없이 기쁜 표정으로 대무영에게 다가들어 무릎을 꿇고 두 손으로 그의 얼굴을 감싸고 얼굴을 바싹 들이댔다.

"괜찮아요? 이젠 아프지 않나요?"

"그렇소."

홍수아는 대무영이 나직한 목소리로 대답하자 깜짝 놀라 그의 얼굴을 감싸고 있던 두 손을 급히 뗐다.

그의 목소리가 굵고 나직하면서도 맑아서 매우 듣기 좋았기 때문이다.

그녀는 지금까지 이렇게 멋진 목소리를 들어본 적이 없어서 부지중 놀라고 당황한 것이다.

이곳 동백촌에서 가장 젊은 남자가 사십대 중반이며 물론 한 집안의 가장이다.

홍수아는 이곳에서 하류로 삼십여 리 떨어져 있는 어린촌(魚鱗村)에 가본 것이 전부이다.

그렇기 때문에 대무영처럼 젊은 청년을 보는 것이 처음이라서 신기하고도 호기심이 가득했다.

더구나 대무영은 그녀가 지금까지 봐왔던 남자들 중에서 가장 체구가 컸으며 또한 잘생겼다.

홍수아는 홍 노인을 보며 기쁨의 탄성을 터뜨렸다.

"할아버지! 과연 천 년 묵은 하수오는 대단해요!"

"오냐, 대단하지."

"천 년 묵은 하수오?"

"그래요. 어제 할아버지가 산에서 구해 오셔서 잘 달여 당신에게 먹였어요."

대무영은 적잖이 놀랐다. 그는 비로소 자신의 몸이 아프지 않은 이유를 알게 되었다.

산에서만 팔 년여 동안 생활했던 대무영은 하수오를 잘 알고 있을 뿐만 아니라 부지기수로 캐서 먹었었다.

물론 대부분 몇 년생이고 오래 묵은 것이라고 해봐야 수십 년생이었다.

그렇기 때문에 하수오가 얼마나 몸에 좋은지 너무나 잘 알고 있다.

하지만 천 년 묵은 하수오의 효능에 대해서는 모른다. 단지 매우 몸에 좋을 것이라고 막연하게 생각할 뿐이다.

그런데 이들 조손의 대화를 듣자니 천 년 묵은 하수오를 그에게 먹인 것 같았다.

그래서 일편절 나운정과 철심도 진명군에게 그토록 지독하게 당하고서도 고통을 느끼지 않는 것이다.

대무영은 새삼스럽고도 놀라는 표정으로 조손을 번갈아 쳐다보았다.

천 년 묵은 하수오의 값어치가 돈으로 얼마인지는 모르지만 필경 엄청날 것이다.

그런데 몹시 가난한 이들 조손은 그걸 내다팔지 않고 대무영에게 복용시켰다.

대무영은 이들 조손이 자신을 살리려는 순수한 마음에 적잖이 감동을 받았다.

"몸은 어떤가?"

홍 노인의 물음에 대무영은 상체를 이리저리 움직여보았다.

"괜찮은 것 같습니다."

"하수오의 효력이 아직 전신에 골고루 퍼진 것이 아닐 테니까 좀 더 기다려 보세."

홍 노인은 일어나서 이불을 걷으며 홍수아에게 말했다.

"수아야, 청년이 시장할 테니 어서 아침밥을 지어야지."

"아! 내 정신 좀 봐."

홍수아는 깜짝 놀라더니 발딱 일어나 실내 한쪽에 있는 주방으로 달려갔다.

대무영은 조금도 허기를 느끼지 않았으나 홍수아가 한 시진 동안 정성껏 준비한 아침식사를 외면할 수가 없어서 한 그릇을 다 비웠다.
　옥수수와 감자, 쌀이 조금 들어간 밥에 생선탕과 산나물무침 등의 반찬으로 조촐하지만 정성이 깃든 식탁이다.
　식사를 하면서 홍수아가 그간에 있었던 일들을 손짓 발짓 섞어가면서 설명해 주었다.
　그래봐야 강에 쳐놓은 그물에 걸린 대무영을 집으로 옮겨와서 여태까지 정성껏 치료했다는 얘기가 전부였다.
　홍수아의 말에 의하면 대무영이 그물에 걸려 발견된 당시에는 시체나 다름이 없었다고 한다.
　또한 오른손에는 검을 힘주어 움켜쥐고 있어서 그물이 심하게 손상됐다는 것이다.
　홍수아의 설명이 끝난 후에 대무영은 홍 노인에게 자신을 어떻게 치료했는지 물어보았다.
　홍 노인은 대무영의 온몸 거의 모든 뼈가 부러진 것과 내장과 혈맥이 조각나고 큰 손상을 입었다는 사실을 알아내고는 거기에 합당한 약초들을 달여서 복용시켰다고 한다.
　그가 말하는 약초 중에는 대무영이 알고 있는 것도 더러 있지만 대부분 모르는 것이다.

홍 노인은 자신의 모든 약초 지식을 동원하여 최선을 다해서 대무영을 치료했다.

그러나 상처가 워낙 깊기 때문에 몇 백년 묵은 하수오나 백년 이상 된 산삼을 복용시켜야지만 기사회생할 수 있다고 판단하여 며칠째 형산 곳곳을 뒤지다가 마침내 천년하수오를 발견했다는 것이다.

식사를 마친 후에 대무영은 혼자서 홍수아네 초옥 뒤쪽 산으로 올라갔다.

홍수아는 오래전에 죽은 부친의 옷을 찾아서 대무영에게 주었다.

그녀의 부친은 체구가 꽤 큰 사내라고 했으나 대무영에게는 조금 작았다.

그는 동이검을 왼손에 쥐고 계속 산을 오르다가 적당한 장소를 찾아 멈추어 섰다.

몸이 치료된 것은 알겠는데 무공이 얼마나 회복됐는지 확인하기 위해서 산에 오른 것이다.

제법 널찍한 산속의 공지 한가운데에 우뚝 선 그는 긴장된 표정으로 느릿하게 동이검을 들어 올리며 유운검법을 펼칠 자세를 취했다.

"헉헉헉……."

일각 후에 그는 땅바닥에 퍼질러 앉아서 어깨를 들먹이며 거친 숨을 몰아쉬었다.

일각 동안 시험을 해본 결과는 대실망이다.

우선 체력이 일각도 버텨주지 못했다. 중상을 입기 전에 비해서 겨우 삼 할 정도의 체력만 남아 있는, 아니, 회복된 상태다.

그런 몸 상태에서 외공기를 발출하는 것은 언감생심 꿈도 꾸지 못했다.

그러므로 백보신권의 건너치기와 뒤치기는 아예 펼칠 수도 없고, 휘두르는 동이검에 외공기가 전혀 주입되지 않아서 위력이라곤 없었다.

예전에는 몇 아름쯤 되는 거목도 간단하게 두 동강 낼 수 있었는데, 지금은 전력을 다해도 한 아름 굵기의 나무를 반도 자르지 못했다.

"헉헉… 이래서는……."

온몸이 땀범벅이 된 대무영은 초점 없는 시선으로 망연히 허공을 바라보며 헐떡였다.

이런 상태로는 아무 것도 할 수가 없을 것이다. 다치기 전에도 일편절 나운정에게 일초지적조차 되지 못했었는데 지금은 그녀를 어렵사리 찾아낸다고 해도 그저 하루살이 같은 목숨일 뿐이다.

　마학사도 마찬가지다. 그가 눈엣가시 같은 낙수천화의 해란화를 처리하겠다고 했으나 지금 이런 형편없는 상태로는 마학사를 물리칠 수가 없다.

　아니, 마학사가 철심도 진명군이라는 자에게 대무영을 은자 오백만 냥에 팔아넘긴 것이 십육 일 전의 일이었으므로, 지금쯤 해란화는 마학사의 손에 풍비박산됐다고 봐야 타당할 것이다.

　그 생각만 해도 가슴이 갈가리 찢어지고 머리가 터져 버릴 것만 같았다.

　낙수천화의 해란화에는 대무영의 모든 것, 즉 가족이 있다. 아란과 청향 등을 비롯하여 북설과 용구, 새로 발족한 무영단의 부단주인 유조와 무영단원들이 해란화의 호위무사를 맡고 있다.

　해란화를 처리하겠다는 마학사의 말을 어떻게 받아들여야 할지 모르지만, 지금으로썬 대무영의 가족을 모두 죽이는 것으로 해석해야만 할 것이다.

　자세한 것은 모르지만 마학사가 남소현에 광명루라는 기루를 운영하는 것으로 봐서 낙수천화에도 기루를 갖고 있으며, 해란화 때문에 장사에 큰 지장이 생겼으므로 해란화를 없애려는 수작이 분명했다.

그게 아니면 대무영하고 관계되는 것을 모조리 제거하려는 목적일 수도 있다.

"흐으으……."

쿵! 쿵! 쿵!

대무영은 분을 삭이지 못해서 퍼질러 앉은 채 주먹으로 땅바닥을 힘껏 연달아 내려쳤다.

너무 분해서, 그리고 자신이 무능하고 또 억울해서 눈물이 솟구쳤다.

무당파 장문인 무학자의 속가제자가 되어 하늘을 날 것 같은 기분으로 길을 떠날 때까지만 해도 이렇게 절망의 나락으로 떨어질 줄은 꿈에도 예상하지 못했었다.

지금 그는 자신이 할 수 있는 일이 아무 것도 없다는 사실 때문에 비참한 심정이다.

세상을 다 가진 것 같은 기분과 세상으로부터 철저하게 버림받은 것 같은 절망감은 실로 종이 한 장 차이일 뿐이라는 사실을 뼈저리게 느꼈다.

"크으으… 개자식……."

마학사에게 퍼붓는 저주인지, 아니면 자신의 무능함을 질타하는 것인지, 그는 그 자리에 오랫동안 주저앉아서 주먹으로 땅을 치면서 울었다.

대무영이 산에 올라간 지 두 시진 만에 힘없이 초옥으로 돌아오는데, 집 앞에서 찢어진 그물을 꿰매고 있던 홍 노인이 그를 쳐다보며 빙그레 미소 지었다.
"어떻던가?"
"뭐… 말입니까?"
대무영은 풀죽은 모습을 보이지 않으려고 애써 담담하게 되물었다.
"자네 강호인이지?"
"그렇습니다."
"산에 무술을 시험해 보려 올라갔던 것 아닌가? 얼마나 회복됐나 확인하려고 말일세."
대무영은 몰래 한 짓을 들킨 것 같아서 씁쓸해졌다.
"좋지 않았습니다."
"조급히 굴지 말게."
"네?"
홍 노인은 그물 고치는 손을 멈추지 않았고, 대무영에게서 시선을 거두고 그물을 보았다.
"무술이 예전 같지 않았겠지?"
대무영은 대답하는 대신 우울한 표정을 지었다.
"현재 자네 몸은 일 할 정도만 나은 걸세."
"일 할……."

대무영은 흥미가 생겨서 홍 노인 옆 나지막한 돌에 궁둥이를 붙였다.

"천년하수오의 효과는 한순간에 갑자기 나타나는 것이 아니라네. 짧게는 이삼 년, 길게는 십여 년이 지나야만 효과가 다 나타나지."

"아……."

천년하수오의 효능이 여기까지라고 생각하고 있었던 대무영은 적잖이 놀랐다.

"천년하수오는 일단 자네가 입은 상처의 외형을 치유한 것일세. 그래서 고통을 느끼지 않는 게지. 그 다음은 서서히 내상을 치유할 걸세."

대무영은 고개를 끄떡이며 잠자코 듣기만 했다. 산 위에서는 절망감으로 이를 악물고 울었는데 지금은 조금씩 희망이 움트고 있었다.

그는 산에서 무공을 시험해 보고는 현재 자신의 실력이 쟁천십이류의 명협에 겨우 미치는 정도라고 판단했으며, 다시는 무공이 회복되지 않을 것이라고 낙담했었다. 그래서 절망감과 억울함에 울었던 것이다.

"갈 곳이 있는가?"

"네."

홍 노인은 찢어진 그물의 마지막을 손질하면서 물었다.

"급한가?"

"네."

홍 노인은 잠시 손을 멈췄다가 다시 손을 움직여 마지막 그물코를 마무리했다.

"조급하면 일을 망치네."

그가 커다란 그물을 개기 시작하자 대무영도 일어나 함께 거들었다.

"곡식이나 과일이 익지도 않았는데 수확할 수 있겠나?"

"아닙니다."

"씨를 뿌리지도 않고 거둘 수 있겠나?"

"못합니다."

산골 노인의 입에서 나오는 평범한 말이지만 대무영은 심오함을 느끼고 있다.

"자네가 중상을 입고 강물에 떠내려 온 것은 그렇기 때문인 게야."

대무영이 익지도 않은 곡식이나 과일이고, 씨를 뿌리지도 않았는데 거두려 했다는 뜻이다. 그렇기 때문에 일편절과 마학사에게 당해서 낭떠러지로 추락하여 강물에 떠내려 왔다는 것이다. 홍 노인은 그런 상황을 조금도 모르지만 본 것처럼 말했다.

조금도 틀리지 않는 맞는 얘기다. 그는 왕광 정도의 실력을 지닌 군주의 등급으로써 강호를 종횡하며 분에 넘치는 명성을 얻었다.

그는 고강했다. 하지만 형편없이 패하여 죽음의 문턱을 넘을 뻔했었다.

왜냐하면, 그는 고강하지만 강호에는 그보다 더 고강한 인물들이 많기 때문이다.

그러므로 그는 언제든지 패할 수 있는 상황에 처할 수 있는 약자였었다.

일편절 나운정을 만나기 전에 그런 고수를 만났다면 더 일찍 패했을 것이다.

또한 나운정을 만나지 않았더라도 언젠가는 그런 고수를 만나서 패할 운명이었다.

기문호자신필박(其文好者身必剝). 호랑이나 표범처럼 아름다운 무늬의 가죽을 지닌 짐승은 결국 그것 때문에 죽음을 당한다고 했다.

대무영은 단목검객으로서 아름다운 무늬의 가죽을 지닌 호랑이나 표범이었다.

그렇기 때문에 많은 강호인의 표적이 되었고 그로 인해 횡액을 당한 것이다.

그러나 만약 그가 일편절 나운정보다 고강했다면 당하지 않았을 것이다.

문제는 그가 나운정보다 약했기 때문이었다. 즉, 익지 않은 곡식이나 과일이었으며, 씨도 뿌리지 않고서 거두려고 했다는 뜻이다.

'그렇다. 그것은 씨를 뿌린 것이 아니었다.'

이제 와서 돌이켜 생각해 보면, 숭산에서 소림사 무술인 백보신권을, 무당산에서 무당파 검법인 유운검법을, 그리고 화산에서 화산파 검법 매화검법을 팔 년여 동안 훔쳐 배웠던 것은 씨를 뿌린 것이 아니라 씨를 뿌리기 위해서 논밭을 갈았던 것에 불과했다. 준비과정이었다는 뜻이다.

'그런 패배와 절망을 또다시 당하지 않으려면 이제 씨를 뿌려야만 한다.'

장차 아무도 오르지 못할 거대한 나무로 자랄 튼튼한 씨를 뿌리고 또 정성껏 가꾸어야만 할 것이다.

그물 정리를 마친 홍 노인이 손을 털면서 훌훌 웃었다.

"내일부터 자네 체내에 들어 있는 천년하수오의 효과를 촉진시키는 방법을 써볼까 하네."

그는 우두커니 서 있는 대무영을 뒤에 남겨두고 휘적휘적 강가의 쪽배로 걸어갔다.

"그 방법을 쓰면 아마 천년하수오의 효과를 두 배 이상 빨리 퍼지도록 할 수 있을 걸세."

## 第四十六章
물에 젖은 여체

다음 날부터 홍 노인은 만사 제쳐두고 형산에서 여러 진귀한 약초를 구해서 배합하고 조제하여 달여서 탕으로 만들거나 환으로 만드는 일에 몰두했다.

대무영은 하루에 다섯 차례 홍 노인이 만든 탕을, 그리고 별도로 환을 꼬박꼬박 복용했다.

낙수천화의 해란화에 당장에라도 달려가고 싶은 심정이 간절하지만 꾹꾹 눌러 참았다.

성급한 마음을 다스리지 못하고 지금 달려간다고 해도 아무런 소용이 없을 것이다. 해란화의 일은 이미 끝나 있을 테니까 말이다.

그리고 마학사에게 복수를 하려고 해도 지금 실력으로는 어림도 없다.

결국 지금은 참고 견딜 수밖에 없는 것이다. 씨를 뿌리고 거둘 때까지.

홍 노인은 대무영에게 복용시킬 약초를 채집하느라 거의 하루 종일 산속을 헤매고 다녔다.

저녁 늦게 집에 돌아오면 다음 날 대무영에게 복용시킬 약을 만드느라 집 옆에 붙어 있는 작은 초막 약탕실(藥湯室)에 밤늦게까지 틀어박혀 있었다.

그러므로 홍 노인은 그동안 손녀 홍수아와 함께 해왔던 밭일이나 물고기잡이를 전혀 하지 못하게 되었다.

그래서 대무영이 그의 일을 대신 하려고 나섰다. 그는 밭일과 그물로 물고기를 잡는 것을 한 번도 해보지 않았기 때문에 홍수아가 일일이 다 가르쳐 주었다.

초옥 뒤쪽의 가파른 산비탈에 그야말로 손바닥만 한 밭뙈기가 있었다.

그곳에 매년 옥수수와 감자를 심는다고 했다. 밭이 너무 작은 탓에 그곳에서 나는 소출로 두 식구 먹는 것도 부족하여 홍 노인이 약초 판 돈으로 다른 곡식을 사서 겨울을 난다고 홍수아가 설명해 주었다.

그 손바닥만 한 밭을 갈아엎어야 옥수수를 파종할 수 있는데 홍 노인이 약초에만 매달려 있어서 홍수아 혼자서는 엄두를 내지 못하는 형편이었다.

조그만 밭의 한쪽에는 이미 삼월에 파종한 감자의 새순이 나왔는데 오랫동안 비가 오지 않았고 또 물을 주지 않아서 축 늘어져 있었다.

비가 오지 않을 때에는 강에서 물을 길어다가 줘야 하는데 그 역시 홍 노인의 할 일이었다. 연약한 홍수아보다는 늙었어도 남자인 홍 노인의 몫이다.

밭을 갈다가 말고 대무영은 한 시진 동안 밭 주변을 두루 살펴보고 나서 한 가지 계획을 세웠다.

우선 새로운 밭을 만드는 것이다. 홍수아 말로는 그러려면 산비탈의 수십 그루 큰 나무와 바위들을 베고 뽑아내며 또한 땅에서 수많은 돌을 골라내야 하는데 자신과 홍 노인 능력으로는 턱도 없다고 했다.

힘으로 하는 일이라면 대무영으로서는 못할 것이 없다. 무공이 예전 같지는 않지만 나무와 바위를 뽑아내는 것쯤은 어려운 일이 아니다.

또 하나는 밭에 물길을 만드는 일이다. 대무영은 산 위쪽 오십여 장 거리에 한줄기 작은 계류가 있으며 강으로 흘러드는 것을 발견했다.

그래서 계류에서 밭까지 물길을 내어 사시사철 물이 흐르도록 할 계획이다.

그렇게 하면 비가 오지 않아도 멀리 떨어진 강에서 물을 길어오지 않아도 될 것이다.

그의 계획을 들은 홍수아는 놀라서 펄쩍 뛰며 결사적으로 만류했다.

그것은 인간의 능력으로는 절대로 이룰 수 없는 일이라는 것이다.

하긴 평범한 사람으로서는 가파른 산비탈에서 수십 그루의 거목과 바위들을 뽑아내고, 또 오십여 장이나 멀리 떨어져 있는 계류에서 물길을 내어 물을 끌어온다는 것이 불가능할 수도 있다.

그렇지만 대무영은 그 불가능한 계획을 실행에 옮겼다. 첫날부터 그는 하루 종일 산비탈에서 살다시피 했다. 캄캄한 밤에 집에 돌아오면 온몸이 흙투성이에 녹초가 되어 그대로 쓰러져서 잠이 들었다.

그렇게 하기를 보름 만에 그는 불가능을 현실로 바꾸는데 드디어 성공했다.

초옥 뒤 원래 있던 밭뙈기 양옆과 위아래에는 그보다 열 배쯤 큰 새로운 밭이 생겼으며, 그 가운데로 새로 생긴 작고 아담한 물길이 졸졸 흘렀다. 그 물길은 초옥 옆을 지나쳐서 강으로 흘러들었다.

 홍수아와 홍 노인의 기쁨은 말로 설명할 수 없을 정도로 컸다. 두 사람은 인간의 능력을 벗어난 대무영을 새롭게 봤으며, 그에게 무한한 고마움을 느꼈다.

 두 사람은 자신들이 죽어가는 대무영을 살린 것은 당연히 해야 할 일을 한 것뿐인데 이런 크나큰 보답을 받았다면서 수없이 감사를 표했다.

 하지만 대무영은 이들 조손이 아니었으면 죽었을 몸이었기에 이 정도는 조손이 베푼 은혜에 백분지 일에도 못 미친다고 생각했다.


 대무영이 두 번째로 실행한 일은 바람만 세게 불어도 쓰러질 것 같은 초옥을 대신할 새집을 짓는 것이다.

 그는 혼절에서 깨어난 다음 날부터 그런 계획을 갖고 있었으므로 산비탈의 밭을 개간하려고 뽑고 베어낸 거목과 바위들을 버리지 않고 집 근처에 다 모아두었었다.

 그는 세 곳의 산에서 팔 년여 생활하는 동안 여러 채의 집을 지어본 적이 있었다.

 때로는 동굴 같은 데서 지내기도 했으나 제대로 된 집에서 생활하는 것이 더 편했다.

 그가 지은 집은 전부 통나무집으로 혼자 지내기 적당한 작은 규모였었다.

  그러므로 이곳에는 그것보다 서너 배 정도 더 큰 집을 지으면 될 것이라고 생각했다.

  그는 원래 있는 초옥 옆에 새집을 짓기로 결정하고 새로운 밭 개간과 물줄기 끌어오기를 끝내고 나서 하루도 쉬지 않고 그 다음 날부터 집터를 파기 시작했다.

  그는 솜씨 좋은 목수가 아니고 이렇게 큰 통나무집을 지어 본 적이 없었기 때문에 여러 차례의 시행착오를 거쳐서 열흘 만에 새집을 완성했다.

  겉보기에는 그다지 훌륭한 외관이 아니지만 그의 정성과 노력이 깃들어 있는 집이다.

  새 통나무집 안에는 세 개의 방과 거실이 있으며 주방과 욕탕이 따로 분리되었고 그곳에는 근사한 식탁과 의자들도 새로 갖추어졌다.

  또한 바닥에서 자는 조손을 위해서 그는 나무로 침상 세 개를 만들어서 들여놓았다.

  뿐만 아니라 새로 개간한 밭에서 흘러내리는 물줄기 하나를 따서 집 안의 주방 바닥을 지나가게 했다.

  그곳에 구덩이를 파고 나무를 주위에 덧대서 아담한 우물을 만들었으며 욕탕 안으로도 끌어들였다.

  그렇게 하면 물을 뜨러 밖에 나가지 않아도 주방에서 모든 것을 해결할 수가 있다.

홍 노인 조손은 대무영이 이루어놓은 일들을 현실로 받아들이는데 많은 시간이 필요했다.

두 사람은 마치 꿈을 꾸는 것만 같았다. 홍 노인이 젊었을 때 지어서 오랜 세월 살았기에 다 쓰러져 가는 초옥을 어떻게 고쳐볼 엄두조차 내지 못했었는데, 그보다 백배는 더 좋은 튼튼한 통나무집을 갖게 되었으니 어찌 현실에서 가능한 일이라고 믿을 수 있겠는가.

뿐만 아니라 예전 밭뙈기의 열 배에 달하는 넓은 밭을 개간해 주어서 앞으로 곡식 걱정은 하지 않아도 될뿐더러 오히려 남는 소출은 내다 팔 수도 있게 되었다.

홍 노인 조손은 대무영에게 베푼 생명의 은혜는 생각하지도 않고 그가 자신들에게 해준 일만을 감지덕지 최고의 은공으로 받아들였다.

대무영은 그런 조손의 순수하고 소박한 마음씨가 더욱 감사하고 기꺼웠다.

자고로 흘러가는 물도 떠다주면 공이라고 했는데, 대무영의 목숨을 살려주고서도 그것을 조금도 은혜를 베푼 것이라고 여기지 않는 조손에게 그는 많은 것을 배웠다.

\* \* \*

대무영이 동백촌 홍 노인의 집에 머문 지 두 달째. 그 즈음 계절은 초여름이 시작되려 하고 있었다.

홍 노인이 알고 있는 모든 방법을 총동원하여 만든 탕과 환약을 부지런히 복용한 덕분에 대무영 체내의 천년하수오는 점차 용해되어 내상을 치유했다.

치유 속도는 자연적으로 용해되는 것보다 몇 배나 빨랐다. 하지만 대무영이 원하는 만큼은 아니었다.

두 달이 지났을 무렵 체내의 천년하수오는 삼 할 정도 용해되었고 대무영의 무공은 쟁천십이류의 공부 수준으로 회복되었다.

오늘 그는 한 가지 시험을 해보기 위해서 강가로 나왔다.

그가 철심도 진명군에게 당해서 낭떠러지로 추락하여 먼 곳까지 강에 떠내려 왔으며, 또 홍 노인이 쳐놓은 물속의 그물에 오랜 시간 동안 걸려 있었는데도 어째서 익사하지 않은 것인지 이유를 확인하기 위해서다.

지난 두 달여 동안 그는 그것에 대해서 많은 생각을 해봤었으나 답을 찾지 못했다.

사람이란 어떤 특수한 수법을 펼치거나 장치를 하지 않은 상태에서 코와 입이 물에 잠기면 채 반각도 버티지 못하고 익사하는 것이 자연의 법칙이다.

낭떠러지에서 추락할 당시에 대무영은 이미 혼절한 상태였기 때문에 아무런 수법을 펼치지도 못했으며 그는 호흡을 멈추는 귀식대법이라든지 그런 수법 자체를 알지 못한다.

홍수아에 의하면 대무영은 물속 삼 장 정도 깊이에 쳐놓은 그물에 걸려 있었다고 한다.

그 그물은 전날 저녁 무렵에 쳐놓았으니까 대무영은 밤사이에 그물에 걸렸으며 최소한 한 시진에서 최대 다섯 시진 이상 물속에 잠겨 있었다는 얘기가 된다. 그런데도 그는 죽지 않고 버젓이 살아났다.

세상 모든 일에는 반드시 원인이 있으며 그에 따른 결과가 있게 마련이다.

대무영이 익사하지 않고 살아 있다면 그 역시 그에 마땅한 원인이 있어야만 한다.

그것에 대해서 지난 두 달여 동안 수백 가지 생각을 해서 얻어낸 한 가지 가능성이 있다.

절친한 주도현이 그의 목에 직접 걸어주고 떠났던 목걸이 어천이나 남소현에서 만난 이름도 모르는 남루한 어린 소녀가 주었던 동이검이 어떤 신비한 작용을 하지 않았을까 하는 것이다.

어천과 동이검 말고 그가 늘 몸에 지니고 있는 물건은 수리검뿐인데, 병기전에서 파는 흔한 수리검이 그런 놀라운 작용을 했을 것이라고는 생각되지 않았다.

그렇다고 대무영 자신의 몸에 신비한 능력이 있는 것도 아니다. 그건 그 자신이 잘 알고 있다.

철벅…….

그는 웃통을 벗고 바지만 입은 상태에서 오른손에 동이검을 움켜쥐고 천천히 강으로 걸어 들어갔다.

홍 노인 말로는 천하의 진귀한 보물 중 물을 피하게 하거나 불을 막아주고, 또는 독을 물리치는 피수(避水), 피화(避火), 피독(避毒)의 구슬이 있다고 했다.

대무영이 그 말을 듣지 못했으면 동이검과 어천을 시험해 볼 생각도 해보지 못했을 것이다.

그는 동이검의 검파를 휘감고 있는 두 마리 용의 눈에 박혀 있는 네 개의 붉은 옥처럼 생긴 보석에 어떤 힘이 깃들어 있지 않을까 짐작하고 있다. 하지만 그 가능성에 대해서는 희박하게 기대한다.

첨벙… 첨벙…….

그의 허리까지 물에 잠기자 오른손에 쥐고 있는 동이검도 물속에 잠겼다.

그러나 뚫어지게 동이검을 주시하고 있어도 어떤 이상한

징후는 일어나지 않았다. 하지만 되돌아 나오지 않고 계속 걸어 들어갔다.

물이 목까지 찼을 때 맑은 물속의 동이검을 봤는데도 여전히 아무런 변화가 없었다.

더 이상 깊이 들어가는 것은 의미가 없다는 생각에 몸을 돌리려고 하는데 갑자기 물속의 발밑이 허전했다.

"엇……."

슬쩍 당황하려는데 몸이 기울면서 머리가 쑥 물속으로 잠겨 버렸다.

꼬로록…….

너무도 순식간에, 그리고 방심하고 있는 상황에서 벌어진 일이다.

그는 팔다리를 마구 허우적거렸으나 아무런 소용없이 몸이 자꾸만 물속으로 가라앉았다.

방금 전에 그가 멈췄던 곳은 물속의 낭떠러지였는데 돌아서다가 발을 헛디딘 것이다.

결론적으로 그는 헤엄을 전혀 못한다. 한쪽 발이라도 강바닥에 닿으면 솟구치기라도 해보겠는데 몸이 하염없이 자꾸만 가라앉았다.

속수무책인 그는 필사적으로 팔다리를 허우적거리며 떠오르려고 안간힘을 썼으나 헛수고일 뿐이다.

당황해서 허둥대는 바람에 그의 코와 입으로 물이 쏟아져 들어가서 정신이 멍해지면서 더욱 당황했다.

현재 그는 쟁천십이류의 공부 수준이지만, 그것은 어디까지나 육상, 즉 땅 위에서의 능력이다.

헤엄에는 젬병인 그는 물속에서는 그저 당황해서 허우적거리는 하나의 커다란 고깃덩어리일 뿐이다.

'이런 말도 안 되는……'

자신이 오랜 시간 동안 강물에 떠내려 오고 또 물속에 잠겨 있었는데도 죽지 않았던 원인을 밝히려고 시험을 감행했던 그는 오랜 시간이 아니라 강물 속에서 채 반의 반각도 버티지 못하고 머릿속이 하얗게 탈색되어 가고 있었다.

그때 기적적으로 하나의 손이 그의 왼팔을 잡았다.

"……!"

그 순간 대무영은 본능적으로 미친 듯이 그 손, 아니, 팔을 붙잡고 매달렸다.

그는 오른손에 쥐고 있던 동이검이 거추장스러워서 아예 놔버리고 두 손으로 팔에 매달렸다.

아니, 그것으로도 모자라서 그 팔의 주인 몸을 와락 끌어안고 구렁이처럼 칭칭 감아버렸다.

홍수아는 대무영이 강물에 빠져서 허우적거리는 것을 보고 그 즉시 뛰어들어 구하려고 했다.

그녀는 강가에서 태어나 줄곧 이곳에서 자랐으므로 헤엄이나 자맥질은 흡사 물고기처럼 잘한다.

그렇지만 그녀는 물에 빠져서 허우적거리는 사람을 구해본 적이 없었다.

만약 그런 적이 있었다면 이렇듯 무모하게 대무영을 구하겠다고 달려들지 않았을 것이다.

물에 빠진 사람은 제정신이 아니므로 오로지 살기 위해서 지푸라기든 뭐든 잡히기만 하면 뱀처럼 칭칭 감으면서 놔주지 않는다.

그래서 물에 빠진 사람이나 구하려는 사람 둘 다 익사하는 일이 왕왕 일어나곤 하는데 지금이 딱 그런 경우다.

홍수아는 대무영의 커다란 체구에 비해서 절반도 안 되는 작고 아담한 체구다.

그런데 힘센 대무영이 칭칭 달라붙어 있자 꼼짝도 하지 못하고 함께 가라앉을 수밖에 없다.

헤엄을 못 치는, 아니, 아예 물하고 전혀 친하지 않은 대무영은 물속에서 눈조차 뜨지 못하는 신세다.

턱……

그때 대무영의 한쪽 발이 강바닥에 닿았다. 순간 본능적으로 힘껏 강바닥을 박차고 위로 솟구쳤다.

푸악!

두 사람의 몸이 수면 위로 반 장쯤 솟구치는 순간 대무영은 번쩍 눈을 떴고 자신이 두 팔로 꼭 붙잡고 엉겨 붙은 사람이 홍수아라는 것을 발견했다.

그는 뒤에서 홍수아의 몸에 찰싹 달라붙어서 결사적으로 안고 있는 자세이며 한쪽 팔로는 허리를, 다른 팔로는 가슴을 안았는데 솥뚜껑만 한 손이 그녀의 젖가슴을 터뜨릴 듯이 움켜잡은 상태다.

"놔줘야 구할 수 있어요!"

가까스로 정신을 차린 홍수아가 다급하게 외쳤고 직후 두 사람은 다시 강물로 떨어졌다.

그 짧은 순간에 대무영은 상황 판단을 하고는 급히 홍수아를 놔주었다.

대무영이 너무 힘껏 안고 있었던 바람에 몸에 피가 통하지 않아서 마비된 홍수아는 몸이 움직여질 때까지 꼼짝하지 못하고 가만히 있을 수밖에 없는 신세다.

두 사람은 똑같이 강바닥으로 가라앉고 있지만 체구가 크고 무거운 대무영의 가라앉는 속도가 더 빨랐다.

하지만 그는 자신이 붙잡았던 사람이 홍수아라는 사실을 알고 나서는 그녀를 붙잡지 않았다. 그녀가 유일한 희망이라고 생각하기 때문이다.

또한 아까처럼 미친 듯이 허우적거리지도 않았다. 그때하고 지금은 상황이 다르다. 지금은 믿는 구석이 있다.

이윽고 홍수아가 마비된 몸이 풀려서 대무영을 구하러 급히 강바닥으로 잠수했을 때 그는 물을 많이 들이켜고 혼절한 상태였다.

홍수아는 축 늘어진 대무영의 팔을 잡고 전력을 다해서 수면으로 떠올랐다가 강가로 끌고 나왔다.

"학학학……."

커다란 체구의 대무영을 강물 밖으로 끌어낸 후에 그녀는 심장이 터질 것 같아서 무릎을 꿇고 두 손으로 자갈 바닥을 짚은 채 가쁜 숨을 몰아쉬었다.

하지만 그녀는 호흡이 진정될 때까지 마냥 그렇게 있을 수만은 없다는 사실을 깨달았다. 지금 당장 대무영을 살려야 하기 때문이다.

그녀는 급히 무릎으로 자갈 바닥을 기어 대무영에게 다가가서 그의 상체에 엎어지며 숨을 쉬고 있는지, 심장이 뛰고 있는지 확인을 해봤다. 그러나 그는 숨도 쉬지 않고 심장도 멈춘 상태였다.

그녀는 강가에서 태어나 줄곧 살아왔기 때문에 물에 빠진 사람을 건졌을 때는 어떤 조치를 취해야 하는지 귀동냥으로 들은 적이 있다.

이것저것 생각하거나 주저할 겨를이 없다. 대무영이 죽는다는 것은 상상조차 해본 적이 없는 그녀다.

또한 그를 살릴 수만 있다면 무슨 대가라도 치르고 무슨 짓이라도 할 수가 있다. 그만큼 그녀는 그를 좋아하고 또 존경하고 있다.

그녀는 젖 먹던 힘을 다해서 대무영의 몸을 뒤집어서 얼굴이 아래로 가게 했다.

그리고는 작은 두 주먹으로 그의 등을 힘껏 여러 차례 마구 두들겼다.

그가 마신 물을 토하게 하기 위해서다. 그 다음에는 다시 끙끙거리며 그의 몸을 똑바로 눕힌 후에 추호의 망설임도 없이 손가락으로 그의 코를 잡아서 막고 두툼한 입술에 자신의 조그만 입술을 덮었다.

"후우욱! 후우! 후우욱!"

그녀는 눈이 튀어나오고 심장이 터지도록 있는 힘껏 그의 입을 통해서 공기를 주입시켰다.

그리고는 두 주먹으로 그의 가슴을 쿵쿵 두드리고 또 입을 맞대고 공기 주입을 반복했다.

"커억! 콜록! 컥컥……."

어느 한순간 그녀가 입을 떼고 주먹으로 그의 가슴을 때리려고 할 때 그가 왈칵 물을 토해내고 나서 옆으로 돌아누워 격렬하게 기침을 해댔다.

"아아······."

그녀의 두 눈에 기쁨의 눈물이 차올랐다. 그러나 그것도 잠시, 대무영이 숨을 잘 쉬지 못하고 꺽꺽거리는 것을 보고 다시 그를 똑바로 눕히고 입술을 맞대고 힘껏 숨을 불어넣어 주었다.

대무영이 껌뻑거리면서 눈을 떴으나 그녀는 알지 못하고 얼굴이 새빨개지도록 계속 숨을 불어넣었다.

잠시 후에 입술을 떼고 숨을 크게 들이마시던 그녀는 대무영이 눈을 뜨고 멀뚱거리며 자신을 바라보고 있는 것을 발견하고 뚝 동작을 멈추었다.

"살았군요······."

홍수아가 기쁨의 눈물을 흘리는데도 대무영은 아무 말도 하지 못했다.

정신이 공황 상태에 빠져 있었다. 강물에 빠져서 익사할 뻔하다니 이런 경험은 생전 처음이다.

더구나 강호인으로서 쟁쟁한 적과 싸우다가 죽는 것이 아니라 어이없게도 물에 빠져서 죽을 것이라고는 한 번도 상상해 본 적이 없었다.

그는 사람이 죽는 방법이 여러 가지라는 사실을 깨달았으며, 물에 빠져서 저승 문턱을 넘었다가 다시 소생하는 결코 흔하지 않은 혹독한 경험을 맛보았다.

더구나 너무나도 연약하게 보이는 홍수아에 의해서 목숨이 구해진 것이니 충격과 감흥이 남다를 수밖에 없다.

그뿐인가. 대무영이 깨어나서 눈을 떴을 때 홍수아가 그에게 입을 맞추고 전력을 다해서 숨을 불어 넣어주고 있는 광경을 목격했으니 구명지은의 고마움과 더불어서 묘한 기분마저 느끼게 되었다.

그는 부스스 상체를 일으켜 앉아서 물끄러미 홍수아의 입술을 바라보았다.

"으흐흑! 죽는 줄만 알았어요! 살아나서 너무 기뻐요!"

홍수아는 다시 소생한 대무영을 와락 안으면서 기쁨의 환호성과 울음을 터뜨렸다.

대무영은 홍 노인과 홍수아 조손에게 두 번씩이나 구명지은을 받고는 고마움을 어찌 표현해야 할지 모를 정도의 심정이다.

쟁천십이류 왕광 등급의 실력을 지닌 군주라고 자부하던 자신이 산골에 사는 촌로와 어린 소녀에게 두 번씩이나 목숨을 구함받았다는 사실이 너무도 충격적이지만 그것은 엄연한 현실이다.

더구나 덩치가 산만 한 자신이 물에 빠진 것을 연약한 어린 소녀가 구했다는 사실 때문에 부끄러움마저 느껴졌다.

그것이 바로 기술이다. 홍수아는 능숙하게 헤엄치는 기술이 있고 대무영은 깊은 물에 들어가면 그저 돌덩이처럼 가라앉아버린다.

　너무 충격이 크고 또 기쁜 나머지 홍수아는 퍼질러 앉아 있는 대무영의 얼굴을 가슴에 안고 한동안 울음을 그치지 못했다.

　그녀보다 더 빨리 정신을 수습한 대무영은 자신의 코와 입을 홍수아의 봉긋한 젖가슴이 짓누르고 있다는 사실을 깨달았다.

　그녀는 물에 흠뻑 젖은 상태이며 산골에 사는 터라서 젖 가리개 따위는 하지 않은 상태였다.

　더구나 때는 초여름이라서 얇고 흰 옷을 입었는데 그것이 젖어서 살에 달라붙었으니 대무영이 코와 입으로 느끼기에는 맨살이나 다름이 없다.

　그렇지만 홍수아는 너무 큰일을 당한 터라 감정이 북받쳐서 제정신이 아닌 상태에 대무영의 머리를 끌어안고 하염없이 울기만 했다.

　그녀의 젖가슴은 아직 어리기 때문에 주지화만큼 크고 풍만하지 않았다.

　그러나 풍만하지 않을 뿐이지 큼직한 사과 정도의 크기라서 대무영의 얼굴을 짓누르기 충분했다.

　그러나 문제는 대무영의 코와 입이 젖가슴에 짓눌려서 숨을 쉴 수가 없다는 사실이다.

"읍… 수아야……."

그는 감정이 격해 있는 홍수아를 강제로 떼어내기도 그래서 말로써 그녀를 물러나게 하려 했다.

그런데 그가 말을 하자 뭔가 동글동글하고 말랑말랑한 것이 입술에 부대끼며 상하 입술 사이에 끼워져 굴러다녔다.

그러나 그때까지도 대무영은 그것이 젖가슴 꼭대기에 달려 있는 작은 유두라는 사실을 깨닫지 못했다.

"읍… 읍… 수아야… 숨 막힌다……."

"……!"

그때 홍수아는 한꺼번에 두 가지 사실을 깨닫고 소스라치게 놀라고 말았다.

대무영이 숨이 막힌다는 사실과 그가 말을 하는 바람에 자신의 유두가 그의 입술에 마음껏 농락당하고 있다는 사실이다.

"수… 수아야… 어서……."

그것도 모르는 대무영이 계속 말을 하자 유두에서 전해진 찌릿찌릿한 느낌이 순식간에 온몸으로 퍼졌다.

그리고 마지막으로는 여자의 가장 소중한 부위 깊은 곳에서 격렬한 울림이 터지면서 멈추었다.

유두에서 시작된 찌릿함이 몇 배나 크고 격렬하게 옥문 깊은 곳에서 폭발하는 이유에 대해서 남자 경험이 전무한 그녀로서는 알 리가 없다.

"아……."

그녀는 너무 아연실색해서 몸을 가늘게 떨며 스르르 대무영의 머리를 풀어주고 뒤로 털썩 엉덩방아를 찧으며 주저앉고 말았다.

하지만 대무영은 자신이 숨 막히기 때문에 그녀가 놓아준 것이라고 단순하게만 생각했다.

"후아……."

대무영은 길게 숨을 토해내고는 한 걸음쯤 앞에 자신을 향해 앉아 있는 홍수아를 쳐다보다가 가볍게 움찔했다.

얇은 여름옷 한 겹이 흠뻑 젖어서 그녀의 몸에 찰싹 달라붙어 몸매가 고스란히 드러난 모습이 눈앞에 있었다.

가녀린 어깨와 봉긋한 한 쌍의 젖가슴, 게다가 연분홍의 조그만 유두까지. 그리고 잘록한 허리에 매끈한 아랫배와 배꼽까지 다 내비쳤다.

그런 광경은 옷을 다 벗고 있는 것보다 훨씬 더 뇌쇄적으로 보였다.

"오라버니……."

홍수아는 그가 눈도 깜빡이지 않고 빤히 자신을 쳐다보자 의아한 표정을 지었다.

두 달여 동안 함께 생활하다 보니까 두 사람은 많이 친해져서 남매처럼 지내고 있다.

홍수아는 대무영이 자신의 얼굴이 아니라 몸을 쳐다보고 있다는 것을 깨닫고 무심코 아래로 시선을 내렸다.

"앗!"

순간 그녀는 자신의 옷이 젖어서 몸에 찰싹 달라붙어 있는 것을 발견하고 화들짝 놀랐다.

"오라버니는……."

그녀는 두 팔로 급히 가슴을 가리고는 얼굴이 새빨개져서 대무영을 곱게 흘겨보았다.

"수아야, 나는 그냥……."

"몰라욧!"

그녀는 발딱 일어나서 집 쪽으로 마구 달려갔다.

그런데 그녀를 쳐다보던 대무영은 깜짝 놀랐다. 그녀가 입고 있는 바지도 흠뻑 젖어서 하체에 달라붙은 바람에 하얗고 탱글탱글한 한 쌍의 궁둥이가 그대로 내비치고 있는 것이 아닌가.

더구나 그녀가 달리자 궁둥이가 뭐라고 설명하기 어려울 정도로 육감적으로 움직였다.

# 第四十七章
삼족오무(三足烏舞)

마침내 대무영은 자신이 익사하지 않았던 비밀을 푸는데 성공했다.

비밀의 열쇠는 동이검이 아니라 어천이었다. 그가 어천을 목에 걸고 허리 정도 차는 얕은 물속에 상체를 담그자 놀랍게도 굉장한 일이 벌어졌다.

어천을 중심으로 사방 두 자 거리 안에는 순식간에 물이 사라져 버렸다.

즉, 어천이 물을 밀어낸 것이다. 그러므로 당연히 대무영의 코와 입으로 물이 들어오지 않았으며 숨을 쉬는데도 전혀 지장이 없었다.

 한 가지 이해할 수 없는 것은, 어천은 가느다랗고 투명하며 푸르스름하게 반짝이는 줄에 손가락 반 정도 길이의 금검이 매달려 있는 모양이다.

 그런데 과연 어떤 것이 물을 밀어내는 능력이 있는 것인지 알 수가 없었다.

 금검은 줄에 단단하게 부착되어 있는 상태여서 서로 분리할 수 없도록 되어 있다. 그렇기 때문에 따로 시험을 해볼 수가 없다.

 어쨌든 대무영이 익사하지 않은 이유를 알게 되었으니 큰 소득을 얻은 셈이다.


 다음날 대무영은 통나무집 주방에서 점심식사를 준비하고 있는 홍수아에게 다가갔다.

 "수아야."

 "말… 씀하세요."

 홍수아는 어제의 일 때문에 그때부터 대무영하고 마주치지 않으려고 애쓰는 듯했다.

 식사시간이나 어쩔 수 없이 마주친 경우에는 그의 얼굴을 똑바로 쳐다보지도 못했다.

 화가 난 것 같지는 않았다. 대무영하고 마주치는 상황에서는 얼굴이 빨개져서 당황하는 것을 보면 어제 그 일 때문에 부끄러워서 그러는 것 같았다.

"헤엄을 배우고 싶다."

홍수아는 하던 일을 멈추고 그를 바라보았다. 그가 무슨 의도로 그런 말을 하는 것인지 살피는 것 같았다. 그의 표정은 진지했다.

하긴 그는 농담이나 장난을 할 줄 모른다. 그러니까 그가 무슨 말을 하면 진담이다.

"가르쳐 주겠느냐?"

지금까지 대무영은 홍수아에게 무슨 부탁을 한 적이 한 번도 없었다.

반면에 홍수아는 그에게 이것저것 많은 부탁을 했었고 그는 한 번도 거절한 적이 없었다.

"알겠어요. 언제부터 하죠?"

"네가 좋은 시각에."

"점심식사를 하고 한 시진 후부터 해요."

홍수아는 선선히 승낙했다. 강물에 빠져서 죽을 뻔한 대무영의 부탁이고, 또한 그가 어째서 그런 부탁을 하는지 알기 때문이다.

헤엄을 가르쳐 달라는 대무영의 부탁을 선선히 수락했을

때는 이런 상황이 되리라고 예상하지 못했었다.

  헤엄을 가르치려면 강물에 들어갈 수밖에 없다. 맨땅에서 손짓 발짓으로 가르치는 것은 한계가 있다.

  그러므로 홍수아가 물에 들어가면 어제하고 똑같은 상황이 벌어지고 말 것이다.

  대무영도 그것을 예상했었다. 하지만 사전에 미리 부탁을 하면 그녀가 따로 만반의 준비를 해서 어제 같은 상황이 벌어지지 않게 할 것이라고 생각했었다.

  그렇지만 이런 산골 구석에 살고 있는 그녀에게 따로 준비할 수 있을 만한 그 무엇이 있을 리 없다.

  그다지 물에 들어갈 일도 없으며 한여름에 몹시 더우면 강이 아닌 산속의 은밀한 옹달샘 같은 곳에서 아무도 몰래 냉수욕을 하면 된다.

  그러므로 그녀가 강물에 들어가서 대무영에게 헤엄을 가르치려면 어제하고 똑같은 상황일 수밖에 없는 것이다.

  그렇다고 해서 한 번 승낙한 것을 번복할 수는 없는 노릇이다. 그리고 무엇보다도 홍수아는 대무영에게 헤엄을 가르쳐 주고 싶었다.

  그가 또다시 물에 빠져서 허우적거리는 모습은 두 번 다시 상상하고 싶지 않았다.

  "그렇게 말고요. 우선 몸을 곧게 펴고 힘을 빼요."

홍수아는 강물이 허리쯤 오는 얕은 곳에서 대무영에게 헤엄을 가르치고 있는 중이다.

될 수 있는 한 깊은 곳에 들어가지 않고 또 그와 신체적으로 접촉하지 않으려고 했으나 결과적으로는 지금 같은 상황이 돼버리고 말았다.

몸에 힘을 빼고 가만히 있으면 물에 뜨는데 대무영은 열 번을 시도해도 열 번 다 물속으로 가라앉았다. 그래서 홍수아가 직접 그의 가슴과 배 아래쪽에 두 팔을 넣어 가라앉지 않도록 버팀목이 되어줄 수밖에 없었다.

"자, 이제 아까 가르쳐 준 대로 팔다리를 움직여 보세요. 힘주지 말고 부드럽게 천천히."

"이렇게 말이냐?"

풍덩풍덩…….

"잘했어요. 그런 식으로 계속 해봐요."

홍수아의 칭찬에 대무영은 신바람이 나서 더욱 열심히 팔다리를 움직였다.

허리까지 차는 깊이지만 상체를 잔뜩 굽히고 두 팔을 대무영의 배 아래로 찔러 넣은 자세이기 때문에 홍수아는 상체까지 모두 젖어버렸다.

또한 대무영이 큰 동작으로 팔다리를 첨벙거리는 바람에 물을 뒤집어쓸 수밖에 없었다. 결국 머리 꼭대기에서 발끝까지 흠뻑 젖어버린 상태가 되었다.

사람이란 젖기 전에는 이슬에 젖는 것도 꺼리지만 일단 젖게 되면 자포자기 상태가 된다. 지금 홍수아가 그런 상황이었다.

"됐어요. 이제 저 하는 동작을 잘 보세요."

그녀는 대무영을 놔두고 하류 쪽으로 팔다리를 유연하게 움직여서 헤엄을 치며 시범을 보였다.

그 다음에는 대무영이 있는 곳으로 다시 거슬러 오르며 한 번 더 보여주었다.

"할 수 있겠어요?"

"해봐야지."

그녀가 일어나면서 묻자 대답을 하고 난 대무영의 시선이 자연스럽게 그녀의 젖가슴으로 향했다.

지금 그녀는 두말할 것도 없이 흠뻑 젖은 옷이 몸에 달라붙은 데다 옷이 흰 색이라서 나신보다 더 적나라한 모습이 된 상태다.

그러나 그녀는 초인적으로 부끄러움을 인내했다. 자신이 부끄러워해서는 헤엄을 가르칠 수 없을 것이기 때문이다.

또한 이런 상황을 극복해야지만 대무영하고 더 친해질 것이고 자연스러워질 수 있을 것이라고 예상했다. 그녀는 그와 지금보다 훨씬 더 많이 친해지기를 원하고 있다.

열일곱 살 순진한 산골 소녀는 대무영처럼 훌륭하고 멋진 청년이 자신을 쳐다봐 주는 것만으로도 고맙다는 생각이 조금쯤 들기도 했다.

그런데 '해봐야지'라고 말한 대무영은 잠시가 지나도록 행동을 취하지 않고 그 자리에 그대로 서 있기만 했다.

부끄러움에 눈을 내리깔고 있던 홍수아가 살며시 쳐다보자 그의 시선이 그녀의 가슴이 아닌 다른 곳을 향하고 있는 것 같았다.

그래서 그의 시선을 따라 눈길을 아래로 향하다가 멈추니 그곳은 그녀의 은밀한 부위였다.

"아……."

그녀는 조금 전에 헤엄을 치다가 원래보다 조금 얕은 곳, 그러니까 물이 무릎까지 차는 곳에 서 있게 되었다.

그런데 미처 생각하지 못했던 것이 있었다. 물에 젖은 하얀 옷이 그녀의 허벅지와 하체에 달라붙었으며, 그 바람에 은밀한 부위의 거뭇거뭇한 음모와 옥문의 모양새가 생생하게 내비치고 있었던 것이다. 그리고 대무영이 주시하고 있는 곳은 바로 그 부위였다.

홍수아는 소스라치게 놀랐으나 어떻게 된 일인지 마치 창에 찔린 것처럼 몸을 움직일 수가 없었다.

그녀는 고개를 들다가 시선이 한곳에 못 박혔다. 대무영의

삼족오무(三足烏舞) 65

하체인데 그곳에 이상한 현상이 벌어져 있었다. 그가 마치 바지 속에 굵고 단단한 막대기를 집어넣은 것처럼 그 부위가 불룩 튀어나와 있었던 것이다.

그녀는 그런 것을 난생처음 보았다. 그래서 부끄러움도 잊은 채 눈을 깜빡거리며 호기심 어린 표정으로 그곳을 뚫어지게 주시했다.

다섯 살 때 아버지가 죽고, 이듬해 어머니마저 집을 나가버린 후 할아버지와 단둘이 살아온 그녀에게 남자가 무엇이고 여자의 몸이 어떻게 변화하는지, 그리고 남녀의 정사 같은 것들에 대해서 대체 누가 가르쳐 주었겠는가.

대무영은 그녀의 시선을 쫓아 자신의 하체를 굽어보다가 움찔 놀랐다.

'이런… 못난 놈!'

그는 헤엄을 배우는 중에 홍수아의 모습을 보고 잠시 정신이 나갔던 자신을 심하게 꾸짖었다.

직후 그는 자신의 음경이 멋대로 발기한 것을 감추려고 급히 강물로 몸을 던지며 팔다리를 움직였다.

홍수아가 가르쳐 준 대로 무의식중에 움직이다 보니까 어설프지만 헤엄이 되고 있었다.

조금 전까지 홍수아의 몸을 보고 잠시나마 흥분했던 그는 지금은 그 일을 까맣게 잊어버리고 헤엄에만 열중했다.

자신이 팔다리를 움직여서 물살을 가르며 헤엄을 친다는 사실이 신기해서 멈추지 않고 계속 헤엄을 쳤다.

홍수아가 뭐라고 외치는 것 같았으나 풍덩거리는 소리 때문에 제대로 들리지 않았다.

들었다고 해도 지금은 헤엄이 잘되고 있고 또 그녀에게 부끄러운 모습을 보였기 때문에 창피해서 돌아가고 싶지 않았다.

그렇게 얼마나 헤엄을 치면서 돌아다녔을까. 지치지는 않았으나 시간이 꽤 많이 흘렀기 때문에 지금쯤 홍수아가 무엇을 하고 있을지 궁금해져서 헤엄을 멈추고 그녀의 모습을 찾아보았다.

"안 돼요!"

그때 뒤쪽에서 그녀의 다급한 외침이 들려서 고개를 돌리려고 하는데 몸이 아래로 가라앉기 시작했다.

헤엄을 멈추니까 당연히 몸이 가라앉는 것이다. 더구나 이곳은 거의 강의 한복판으로 가장 깊은 곳이다. 하지만 깊은 곳에서 정지했을 때는 어떻게 해야 하는지 배우지 않은 그로서는 속수무책이다.

'이런 바보 같은······.'

그는 가라앉고 있는 중에 다시 헤엄을 시작하려고 허우적거렸으나 아무 소용이 없었다.

대무영은 다시 한 번 홍수아에게 건져졌다. 그리고는 어제와 똑같은 절차를 밟고 나서야 정신을 차렸다.

그가 깨어났을 때 홍수아는 물에 흠뻑 젖은 어제와 똑같은 모습으로 눈물을 흘렸다.

"깊은 곳에는 가지 말라고 했잖아요……."

대무영이 신나게 헤엄을 치고 있을 때 제대로 듣지 못했던 그녀의 외침이 그런 뜻이었던 모양이다.

"미안하구나."

대무영은 입이 열 개라도 그 말밖에는 할 말이 없었다.

조금 전에 그가 깨어났을 때 홍수아는 그에게 입을 맞추고 전력을 다해서 숨을 불어 넣어주고 있었다.

그녀의 얼굴에서 물이 뚝뚝 떨어졌는데 뜨거웠다. 그녀의 눈물이었다. 울면서 그를 살리고 있었던 것이다.

그는 일어나 앉아서 손을 뻗어 울고 있는 홍수아의 머리를 쓰다듬었다.

"네가 세 번이나 내 목숨을 구했구나. 고맙다."

"그런 말 하지 말아요."

"응?"

홍수아는 눈물을 닦으며 말했다.

"저는 앞으로도 오라버니를 백 번 천 번도 구할 수 있어요.

그게 무슨 대수예요? 오라버니는 그것보다 더 큰 은혜를 베풀었는데……."

대무영은 그녀의 순수함 앞에서 고개를 들고 있을 수가 없었다.

그는 예전에 자신이 매우 순수하다고 생각했었는데 아무래도 지금은 많이 타락한 것 같았다.

하지만 그것은 그의 잘못된 생각이다. 그는 타락한 것이 아니라 솔직한 것이다. 그는 피가 들끓는 젊은 청년이다. 그러므로 싱싱한 여체를 보고 반응하는 것은 너무도 당연한 일이다.


대무영은 사흘에 걸쳐서 홍수아에게 헤엄과 잠수에 대해서 완벽하게 배웠다.

그 사흘 동안 두 사람은 밥만 먹으면 거의 하루 종일 강에서 살다시피 했다.

대무영은 홍수아의 젖은 몸을 자꾸 보면서 욕정을 절제할 수 있게 되었다.

그녀의 젖은 몸이 예전보다 뇌쇄적이지 않아서가 아니다. 거듭해서 보게 되니까 내성이 생겼다거나 어느 정도 면역이 됐다고 말할 수 있다.

대무영이 언제라도 진지한 자세로 그녀의 젖은 몸을 본다면 욕정을 느끼게 되겠지만, 그러지 않으려고 애썼으며 그것이 어느 정도 주효했다.

헤엄과 잠수를 가르치고 배우는 중에 가끔 격렬한 신체적 접촉이 있을 때면 어김없이 발기를 하지만, 그럴 때는 그대로 놔두었다. 일종의 무시다. 그러면 시간이 지나면서 차차 수그러들었다.

대무영은 나흘 전에 강물에 빠져서 허우적거리다가 강바닥에 가라앉은 동이검을 건져내기 위해서 사흘째 늦은 오후에 혼자 강물 속으로 잠수해서 들어갔다.

그는 헤엄과 잠수를 배운 후에 자신의 손으로 동이검을 건져내고 싶었다.

홍수아에게 건져달라고 하면 간단한 일이지만 왠지 직접 건지고 싶었다.

그것을 건져낼 수 있을 정도로 헤엄을 완벽하게 배우고 말겠다는 일종의 고집 같은 것이었다.

나흘 전에 동이검을 떨어뜨렸던 곳으로 잠수해서 들어갔으나 어쩐 일인지 검이 보이지 않았다.

이곳은 강폭이 넓어서 유속이 무척 느리고 물이 깊어서 큰 홍수가 나기 전에는 동이검 정도의 묵직한 물건이 떠내려가지 않을 터이다.

혹시 떨어뜨린 장소를 잘못 알고 있는 것인가 싶어서 주위를 더 찾아보았다.

 그런데도 동이검이 눈에 띄지 않았다. 강바닥은 모래가 넓게 펼쳐져 있어서 장애물도 없는데 보이지 않는다니 이럴 줄은 예상하지 못했었다.

 난생처음 마음에 쏙 드는 자신의 검을 갖게 되었는데 잃어버렸으니 낭패다.

 그는 수면으로 솟구쳐서 숨을 한껏 들이마신 후에 다시 강바닥으로 잠수했다.

 강바닥에는 모래가 드넓게 펼쳐져 있으니까 어쩌면 강물의 흐름 때문에 동이검이 모래에 덮였을 수도 있을 것이라는 생각이 들었다.

 수면에서 바닥까지의 깊이는 오 장 정도다. 잠수를 이제 막 배운 그로서는 그 정도 깊이에 오래 머무는 것이 쉽지 않은 일이다.

 그때 한쪽 강바닥 모래 속에서 무언가 반짝였다. 자갈 같은 것이 반짝였을 수도 있겠지만 일단 그는 그곳으로 힘껏 잠수했다.

 가까이 다가가서 모래를 들춰보니까 동이검의 손잡이 검파와 검신의 모습이 드러났다.

 '있다!'

 숨이 찼기 때문에 솟구쳐 올라서 한 차례 호흡을 하고는 다시 잠수하여 동이검이 있는 곳으로 하강했다.
 그런데 그의 눈앞에 이상한 광경이 펼쳐졌다. 강바닥 동이검이 있는 곳에서 무엇인지 모를 기이한 모습의 짐승이 튀어나오더니 그를 향해서 곧장 쏘아오고 있었다.
 '삼족오!'
 그는 놀라서 눈을 부릅뜨며 내심 크게 소리쳤다. 그것은 틀림없는 삼족오였다. 동이검 검신에 있는, 다른 사람 눈에는 보이지 않고 대무영 눈에만 보이는 바로 그 붉은 삼족오가 분명했다.
 동이검 검신에는 붉은 원 안에 그보다 더 붉은 색의 삼족오 한 마리가 날개를 접은 모습이 있었다. 그런데 지금 그것이 대무영을 향해서 날아오고 있는 것이다.
 검신의 삼족오는 손바닥 반의 반 크기였지만 지금은 웬만한 어른 체구만큼 컸다.
 또한 검신에 있을 때에는 잔잔한 수면에 일렁이는 듯한 신비한 모습이었다.
 그렇지만 지금은 실제로 살아서 움직이는 짐승처럼 힘차게 날개를 퍼덕이며 쏘아오고 있었다.
 '부딪친다!'
 잠깐 정신이 나가 있던 대무영은 움찔 놀라며 다급히 팔다리를 맹렬하게 움직여서 피하려고 했으나 삼족오의 속도가 워낙 빨라서 여의치 않을 것 같았다.

반 장 거리에서 날카로운 부리를 앞세워 솟구치고 있는 삼족오하고 충돌하면 대무영의 몸이 뚫리거나 어디 한군데가 떨어져나갈 것 같았다.

수와아아!

그 순간 쏘아오던 삼족오가 갑자기 방향을 바꾸더니 다시 아래로 하강했다.

아니, 하강하는가 싶었으나 중간에서 멈추고는 그곳에서 두 날개를 퍼덕이고 부리를 이리저리 움직이면서 이상한 동작을 취했다.

'뭐지?'

그것은 마치 삼족오가 춤을 추는 것 같았다. 이른바 삼족오무(三足烏舞)다.

대무영은 수중에 멈춘 채 숨이 찬지도 모르고 삼족오무에 깊이 빠져들었다.

삼족오무는 매우 특이하고도 신비했다. 처음에는 춤인 줄 알았는데 계속 보고 있자니까 어떤 특정한 동작을 나타내는 듯했다.

"푸아……."

대무영은 한 순간도 놓치지 않고 보고 싶었으나 너무 숨이 차서 급히 수면으로 떠올라 숨을 한껏 들이마신 후에 다시 잠수했다.

　삼족오무는 계속되고 있었으며 그는 삼족오의 동작을 자세히 관찰했다.

　삼족오는 마치 세 개의 다리로 걷고 뛰며 도약하는 듯한 동작을 보였다.

　그러면서 양 날개를 퍼덕이며 상하좌우로 부딪치고 회전하며 밀고 당기는 여러 가지 동작을 보여주었다.

　'이건 초식이다!'

　뭐 눈에는 뭐만 보인다고, 무술에 미친 대무영은 삼족오의 동작이 무술의 초식이라고 단정했다.

　하지만 다른 사람이 봤다면 절대 초식이라고 생각하지 않았을 것이다.

　하기야 삼족오무는 다른 사람 눈에는 보이지 않을 테니까 어떻게 생각하고 자시고 할 것도 없다.

　세 번째 수면으로 떠올랐다가 잠수한 대무영은 또 한 가지를 깨달았다. 삼족오가 똑같은 동작을 연거푸 반복하고 있다는 사실이다.

　삼족오무는 그리 길지 않았다. 다섯 호흡 정도의 시간이며 그 사이에 무려 백여 가지 동작을 취했다. 그리고 그 동작들은 처음부터 끝까지 이어졌다.

　그런데 삼족오무가 흐릿해지더니 갑자기 씻은 듯이 사라

져 버렸다.

숨이 찬 대무영은 다시 수면으로 올라와서 숨을 헐떡였다. 그러다가 사위가 어두컴컴한 것을 발견하고 하늘을 쳐다보니까 태양이 구름에 가려 있었다.

그리 큰 구름이 아니라서 잠시 후에 태양이 다시 찬란하게 천지를 비추었다.

대무영이 수면에 뜬 상태에서 아래를 굽어보니까 어느새 삼족오무가 계속되고 있었다.

아마도 태양이 비춰야지만 삼족오무를 볼 수 있는 것 같았다. 아니, 한 가지 더 필요한 요소가 있다. 물이 있어야 하는 것 같다.

지금까지 대무영이 긴 여행을 하는 동안 동이검의 검파는 오랜 시간 동안 태양에 노출되었는데 아무런 일도 일어나지 않았었다.

대무영은 수면과 물속을 이미 오십여 차례나 반복해서 오르내렸다.

그때까지 삼족오는 춤을 계속하고 있다. 태양이 떠 있으며 동이검이 물속에 있는 한 계속할 것 같았다.

그즈음 대무영은 몇 가지 사실을 더 깨달았다. 그중에서 가장 큰 것이 삼족오무가 검초식이라는 사실이었다.

삼족오의 길게 번쩍이는 부리가 검의 역할을 하고 있는 것 같았다.

그 역시 그렇게 생각하고 봤기 때문에 검초식이라고 단정했을 수도 있다.

그런데 여러 가지 이해하기 어려운 것들 중에서 가장 큰 난제가 하나 있었다.

삼족오의 양 날개는 팔 동작이고 다리는 발동작이라고 한다면, 삼족오는 다리가 세 개인데 도대체 가운뎃다리는 무슨 동작이라는 말인가.

사람에겐 다리가 둘뿐인데, 그렇다면 삼족오무는 검초식이 아니라는 말인가? 라는 총체적인 회의마저 들었다.

그 이후로도 열 번쯤 더 물속으로 들락거렸으나 더 이상의 소득은 없었다.

더구나 해가 지기 시작하면서 삼족오도 더 이상 춤, 즉 검무를 추지 않아서 그는 동이검을 건져 강을 나왔다.

"오라버니, 대체 뭐하신 거예요?"

강가에서 기다리고 있던 홍수아가 동이검을 쥐고 걸어 나오는 대무영을 보며 의아한 표정으로 물었다.

"삼족오의 춤을 구경했다."

"삼족오? 춤이요?"

거짓말을 하지 못하는 대무영이 곧이곧대로 말하자 홍수

아는 더 어리둥절한 표정을 지었다.

대무영이 동이검을 혼자 건지고 싶다고 해서 그녀는 줄곧 강가에서 기다리고 있었다.

그러면서 대무영이 쉴 새 없이 수면과 물속을 오르내리는 것을 보고 의아하게 여겼다.

대무영은 홍수아가 눈을 초롱초롱 빛내면서 궁금한 표정으로 자신을 빤히 바라보자 강물 속에서 있었던 일을 간략하게 설명해 주었다.

그 얘기는 저녁식사를 하는 중에도 이어졌다.

모처럼 세 식구가 모여서 저녁식사를 하며 홍수아는 대무영에게서 들은 얘기를 마치 자신이 직접 겪은 것처럼 손짓 발짓해가며 홍 노인에게 해주었다.

그런데 특이한 점은 홍수아나 홍 노인이 그 얘기를 추호의 의심도 하지 않고 곧이곧대로 믿는다는 사실이다. 두 사람이 그만큼 순수하기 때문일 것이다.

"그럼 이제부터 오라버니는 삼족오가 가르쳐 준 검법을 배울 건가요?"

"그럴 생각이다."

홍수아는 생선의 살점을 발라서 대무영의 밥그릇에 얹어주며 그의 얼굴을 빤히 바라보았다.

"그런데 무슨 문제가 있나요? 오라버니 얼굴이 그다지 밝지 않은 것 같아요."

"그게 말이다."

대무영은 다리가 세 개인 삼족오의 움직임이 무엇을 의미하는지 모르겠다고 설명했다.

홍수아는 천진난만한 표정을 지으면서 식탁에 가려져 있는 대무영의 사타구니를 젓가락으로 가리켰다.

"그게 뭐가 이상해요? 오라버니는 다리가 세 개잖아요? 가운데에도 다리가 있던데?"

"푸하악!"

대무영과 홍 노인은 밥을 먹다가 동시에 내뿜고 말았다.

홍수아는 얼굴에 밥과 음식찌꺼기가 잔뜩 달라붙어 울상을 지었다.

"두 분 왜 그래요?"

홍 노인은 매우 진지하고도 심각한 표정으로 물었다.

"수아야, 네가 가운뎃다리를 어떻게 아느냐?"

"봤어요. 오라버니 거."

"그게 언제냐?"

"며칠 전 강가에서 오라버니가… 읍!"

크게 당황한 대무영이 후다닥 일어나서 급히 홍수아의 입을 틀어막았다.

"아하하! 사람이 다리가 두 개지 어떻게 세 개라고 그러느냐? 수아 너도 참 별소리를 다하는구나."

홍수아는 입을 막은 대무영의 손을 힘겹게 치우고는 의아한 표정을 지으며 항변했다.

"그때 제 눈으로 똑똑히 봤거든요? 오라버니의 거기에 커다란 나무 막대기를 넣은 것처럼 이따만 한 게 있는 것을."

그녀는 두 손을 넓게 벌려서 길이까지 친절하게 설명했다.

"흠! 흠!"

홍 노인은 야릇한 미소를 지으면서 대무영과 홍수아를 번갈아 쳐다보았다.

원래 변명에 익숙하지 않은 대무영은 그만 입을 다물고 말았다.

긁어 부스럼 자칫 잘못 변명하다가는 일이 커질 수도 있다고 생각한 것이다.

평소 홍 노인은 저녁식사 후에 곧장 약탕실에 들어가서 약을 조제하지만 오늘 밤은 그러지 않았다.

그는 대무영이 식사 후에 동이검을 갖고 뒤뜰로 나가자 홍수아를 붙잡고 늘어졌다.

"수아야, 그때 있었던 일을 자세히 설명해 봐라."

"그때라뇨?"

삼족오무(三足烏舞) 79

홍 노인은 성숙해지고 있는 손녀를 상대로 이런 얘기를 하는 것 때문에 진땀이 났다. 하지만 반드시 짚고 넘어가야 할 일이다.

"저기 그게… 무영의 가운뎃다리를 봤을 때 말이다."

"아… 네. 오라버니의 가운뎃다리요?"

대무영은 낮에 봐서 충분히 외워두었던 삼족오무를 직접 동이검으로 재현해 보려고 뒤뜰에 나왔다.

그러나 도무지 집중할 수가 없다. 홍 노인 조손이 속삭이는 목소리가 너무도 또렷하게 들려오기 때문이다.

"그래서 무영이 너에게 아무 짓도 하지 않았느냐?"

홍 노인의 떨리는 목소리와 홍수아의 의아한 목소리가 연이어 들렸다.

"아무 행동도 하지 않고 강물 속으로 뛰어들었어요. 오라버니가 저에게 무슨 짓을 해야만 하는 건가요?"

"아… 아니다."

"할아버지."

"왜 그러느냐?"

"저한테는 그런 것이 없는데 왜 오라버니에게는 가운뎃다리라는 것이 있는 건가요? 남자들은 다 그래요? 할아버지도 그런 게 있어요?"

"음… 그렇단다."

"그런데 나는 왜 한 번도 못 본 거죠?"

대무영은 홍 노인이 몹시 곤란해하는 표정이 눈앞에서 보는 것처럼 선했다.

"그건 말이다. 음… 할애비는 있긴 있는데 크게 만들 힘이 없는 거란다."

"왜 힘이 없는데요?"

"됐다! 조그만 것이 뭘 자꾸 캐묻는 게냐?"

결국 홍 노인은 역정을 내며 약탕실로 가고 말았다.

獨步行

대무영은 자정이 넘은지도 모르고 삼족오무에 깊이 빠져 있었다.

아니, 그는 삼족오무가 가리키는 검초식을 삼족오검법이라고 마음속으로 생각하고 있었다.

저녁식사 후 세 시진이 넘도록 그는 같은 동작을 이미 백여 차례 이상 반복하고 있는 중이다.

강물 속에서 삼족오무를 수십 번 거듭해서 본 덕분에 그 동작들은 그의 뇌리에 깊숙이 각인되어 있는 상태라서 죽을 때까지 잊어버리지 않을 것이다.

세 시진 동안 백여 차례 이상 삼족오검법을 반복해서 연습하는 과정에 처음에는 어설펐던 동작이 차츰 체계를 잡아갔으며 또한 군더더기가 사라지고 매끄러워졌다.

그러면서 그는 이것이 무공초식이라는 사실을 더욱 확고하게 믿게 되었다.

그래서 자정이 넘어서면서부터는 좀 더 구체적인 수련을 하기 시작했다.

처음에는 삼족오의 전체적인 동작을 무조건 뭉뚱그려서 따라하는데 그쳤었다.

하지만 이제부터는 그것을 각기 따로 발동작과 날개 동작, 부리, 즉 검 동작을 구분해서 수련했다.

그때까지만 해도 삼족오무의 발동작은 보법, 날개 동작은 보조적인 역할을 하는 것, 부리는 검 동작, 즉 검법이라고 생각했었다.

그러나 부옇게 동이 터오는 갑시(새벽 5시경) 무렵이 되었을 때 그런 믿음은 위기를 맞이하고 말았다.

구분해서 동작을 해본 결과 보법이라고 여겼던 발동작은 전혀 보법이 아니었다는 사실을 깨닫게 되었다.

그가 기억하고 있는 삼족오의 세 개의 발은 아래만 딛는 것이 아니라 상하좌우 종횡무진 아무 곳이나 딛고 뻗으며 휘돌고 맴돌았었다.

세상에 그런 보법은 없다. 대무영은 그것을 보법에 응용해 보려고 무던히 애썼으나 결국 실패하고 말았다. 그리고는 그것이 보법이 아니라는 결론을 내렸다.

삼족오의 날개 동작에 대해서는 그저 막연히 보조적인 동작일 것이라고만 여겼었다.

보법이라고 확신했던 발동작이 보법이 아닌 무엇인지 종잡을 수 없게 돼버린 상황에서, 막연하게 보조적인 동작이라고 생각했던 것이 들어맞았을 리가 없다.

그리고 대무영을 결정적으로 절망하게 만든 것이 있는데 바로 검 동작이라고 굳게 믿었던 부리 동작이었다.

결론적으로 말하면 그것은 검 동작이 아니었다. 그렇다고 권법이나 그 어떤 무술의 움직임 같은 것도 아니었다.

그렇게 단정하게 된 결정적인 이유는, 그 동작 그대로 아무리 따라서 해봐도 공격을 하는 상황이 도래하지 않는다는 것이다.

공격할 수 없는, 아니, 하지 못하는 초식이라면 그것은 더 이상 무공초식도 뭣도 아니다.

무공초식이란 공격을 위해서 존재한다. 그게 아니라면 하다못해 방어라도 할 수 있어야 하는데 그것도 아니었다. 공격과 방어, 공수(攻守)하고는 거리가 멀었다.

온몸의 맥이 풀렸다. 검초식이라고 굳게 믿고 밤새워 연습

했는데 아무 짝에도 쓸모없는 말 그대로 춤 같은 것이라고 깨닫자 배신감마저 느껴졌다.

해가 뜨자마자 그는 동이검을 들고 강으로 달려갔다. 자신이 뭔가 잘못 본 것이 있을지도 모른다는 생각에 확인을 하기 위해서다.
그리고 동이검을 강바닥에 던져놓고는 삼족오가 춤을 추기를 기다렸으나 뜻을 이루지 못했다.
이제 막 떠오르기 시작한 태양의 빛이 강바닥의 동이검까지 미치지 않았기 때문인 것 같았다.
이곳은 산골이라서 정오가 거의 다 되어서야 태양광이 강바닥에 닿아 그제야 비로소 강물 속에서 삼족오가 춤을 추기 시작했다.
그렇게 대무영은 동이검의 삼족오가 더 이상 춤을 추지 않을 때까지 거의 하루 종일 수백 번이나 수면과 물속을 들락거렸다.

그런 식으로 대무영은 꼬박 닷새를 보냈다.
그는 삼족오무의 처음부터 끝까지 발동작과 날개 동작, 부리 동작을 더해서 아주 사사로운 깃털의 움직임 하나까지 빠삭하게 외워 버렸다.

그렇다는 것은 삼족오무를 처음부터 끝까지 완벽하게 재현할 수 있다는 뜻이다.

하지만 그게 전부다. 그리고 끝이다. 닷새 동안 아무리 연구하고 반복해서 재현을 해봐도 여전히 어느 시점에서 공격과 방어를 해야 하는지 알아내지 못했다. 즉, 공수 자체가 없는 것이다.

삼족오무를 완벽하게 외우고 또 재현만 하면 무엇하겠는가. 공수를 일체 하지 못하는 아무 짝에도 쓸모가 없는 빛 좋은 개살구일 뿐이다.

강바닥에 가라앉은 동이검이 발산하는 신비한 현상, 삼족오무를 발견한지 닷새 만에 그는 막다른 곳에 몰려서 끝내 중단하고 말았다.

하지만 포기는 아니다. 그에게 포기란 없다. 그저 잠정적으로 잠시 중단할 뿐이다.

그렇다고 해서 절대로 이루어질 수 없는 일인데도 억지를 부려서 포기하지 않는 것은 아니다.

극히 미미한 일말의 가능성이라도 있으면 포기하지 않는다는 것이다.

이 정도에서 포기할 것이라면 지난 팔 년여 동안 세 곳의 산에서 그토록 치열하게 무술 연마를 하지 못하고 중도에 포기하고 말았을 것이다.

그는 동이검이 물과 태양광을 만나면 신비한 삼족오무를 보여주는 것이 그저 괜히 그러는 것이 아닐 것이라고 굳게 믿고 있다.

그런 신비함을 보여주는 데에는 반드시 필유곡절이 있을 터이다.

삼족오는 무엇인가를 알려주려고 하는데 그것이 무언지 밝혀내는 것이 자신의 소명이라고 믿었다.

*　　*　　*

소연은 집을 나서기 전에 마지막으로 가족들을 바라보았다.

그녀의 가족은 병든 어머니와 두 살 아래인 십삼 세 여동생 소선(素善)뿐이다.

소연네는 원래 남소현에서 동북쪽으로 오십여 리쯤 떨어진 노산현(魯山縣)에 살았었다.

아버지가 관도에서 질주하는 마차에 치여서 급사한 이후 그나마도 가난하던 집안 형편이 급격하게 기울자 어머니가 가장이 되어 돈을 벌기 위해 나섰다.

하지만 원래 몸이 약한 어머니는 일 년여 동안 이것저것 힘든 허드렛일을 견디지 못하고 시름시름 앓다가 몸져눕고 말왔다.

그리되니 아픈 어머니의 병을 치료하는 것은 고사하고 세 식구 입에 풀칠하는 것조차 막막하게 되었다.

구복원수(口腹怨讐). 입으로 먹고 배를 채우는 일이 원수 같은 일이라서, 하는 수 없이 열다섯 살 어린 소연은 어머니와 여동생만이라도 살리기 위해서 자신이 기루에 동기로 팔려가는 것을 자청하고 나섰다.

때마침 남소현의 광명루에서는 순결지신인 어린 소녀를 찾고 있었기에 소연은 그곳으로 팔려갔다.

그리고 소연은 그곳에서 보천기집의 총루주인 적아에게 뜻밖의 제안을 받았다.

소연의 몸에 암수 한 쌍의 고독을 심었다가 이후 한 명의 사내와 동침을 하면 되는 일이다.

그렇게만 해주면 소연은 물론이고 가족들까지 평생 호의호식할 수 있다는 조건이었다.

하지만 적아는 소연에게 매우 중요한 한 가지 사실을 말해주지 않았다.

바로 고독정사(蠱毒情死)에 대한 것이다. 말하자면, 정사를 통해서 한 쌍의 고독을 체내에 나누어가진 남녀 중에 한 사람이 죽으면 나머지 한 사람도 자연히 따라서 죽는다는 사실이었다.

춘약을 탄 술을 마시고 대취한 대무영이 소연과 정사를 하고 고독 암컷을 몸속에 심고 떠난 이후에 적아는 노산현에 있는 소연의 가족에게 큰 집을 사주고 만 냥의 은자를 보내주었으며 소연은 광명루에 머물고 있었다.

그런데 어느 날 갑자기 소연이 식사 도중에 쓰러지더니 그 길로 혼수상태에 빠져 버렸다.

적아는 부친 마학사가 보낸 전서구를 받아보고 대무영이 죽었다는 사실을 알게 되었다. 그래서 소연도 따라서 혼수상태에 빠진 것이라고 이해했다. 즉 고독정사가 실제로 일어난 것이다.

적아는 소연이 머지않아서 죽을 것이라고 판단하여 그녀를 마차에 태우고 따로 은자 만 냥을 실어서 노산현 그녀의 집으로 보냈다.

그렇지만 보름 후에 소연은 기적적으로 깨어나 소생했다.

형산 남쪽 기슭 동백촌에서 대무영이 천년하수오를 복용하고 깨어난 것과 같은 시각이었다.

"엄마하고 선이, 내 말 잘 알아들었지?"

먼 길을 떠나는 차비를 갖춘 소연은 어머니와 여동생 소선의 손을 나누어 잡고는 다시 한 번 확인했다.

어머니와 소선은 이별의 슬픔 때문에 비 오듯이 눈물을 흘리면서 대답을 하지 못하고 고개만 끄떡였다.

  그래도 도무지 미덥지 못한 소연은 잡은 손을 흔들면서 재차 당부했다.

  "혹시 누군가 찾아와서 나를 찾으면 남소현에서 온 다음 날 죽었다고 대답해야 돼. 알았지? 그러지 않으면 나는 물론이고 무영 오라버니마저 죽게 돼."

  소연은 혹시 적아가 사람을 보내서 자신의 생사를 확인할지 모른다는 생각에 어머니와 소선에게 신신당부하고 있는 것이다.

  그녀는 광명루에서 자신에게 일어났었던 일을 어머니와 소선에게 자세히 설명해 주었었다.

  그래서 그녀들은 소연의 순결을 가져간 대무영을 그녀의 남편이라고 생각하는 것이다.

  어머니에게는 맏사위이고 소선에게는 세상에 하나뿐인 형부인 셈이다.

  "아미타불······."

  바깥에서 불호를 외는 여자의 목소리가 들렸다. 소연에게 서두르라고 재촉을 하고 있는 것이다.

  소연은 두 팔을 활짝 벌려 어머니와 소선을 와락 끌어안고는 곧 몸을 돌려 울면서 밖으로 뛰어나갔다.

  이어서 그녀는 밖에서 기다리고 있던 한 명의 비구니(比丘

尼:여승)를 따라서 소리 죽여 울면서 집을 떠났다.

  소연은 대무영을 위해서 자신이 반드시 살아 있어야 한다는 생각에 비구니가 되기로 결심한 것이다.

*　　*　　*

  대무영이 동백촌에 머문 지 석 달이 지나 어느덧 찌는 듯한 한여름이 되었다.

  그는 지난 석 달 동안 함께 생활하면서 홍 노인과 홍수아하고 깊은 정이 들었다.

  병든 홀어머니와 단둘이 살았던 그는 이런 식으로 오순도순 살아보는 것이 난생처음이며 더할 수 없는 평온함과 아늑함을 느끼고 있다.

  겉으로는 과묵하고 차갑지만 속으로는 순수하고 다정다감한 내유외강의 성격인 그는 이곳 동백촌에서 생활하고 있는 것이 마냥 꿈결 같았다.

  그래서 마음 한편으로는 모든 것 다 잊고 그냥 이곳에서 홍 노인, 홍수아와 함께 한평생 오순도순 사는 것은 어떨까 하고 문득문득 떠오를 때가 있다.

  하지만 그런 생각은 극히 일순간에 떠올랐다가 한줄기 바람처럼 사라져 버렸다.

생각하는 것은 자유이며 또한 생각이 불현듯 떠오르는 것은 그의 마음대로 되는 것이 아니다.

지금 생활이 너무 평화로우니까 그럴 수도 있을 것이라고 퍼뜩 떠올랐다가는 현실의 벽에 부딪쳐서 물거품처럼 스러져 버리는 것이다.

하지만 만약 그가 이곳에서 정착을 한다면 죽을 때까지 결코 마음이 편하지 못할 것이다.

그에게는 반드시 만나야만 할 부친과 찾아야 하는 가족들과 갚아야 할 피의 빚이 있기 때문이다. 그것들을 가슴에 묻어둔 채 살아갈 수는 없다. 그것은 행복이 아니라 행복을 가장한 고통일 뿐이다.

한 달 전에 대무영 체내의 천년하수오는 삼 할이 용해되어 무공은 쟁천십이류의 공부 수준이었다.

한 달이 지난 현재는 일 할 오 푼이 더 용해되어 무공은 쟁천십이류의 패령 정도 수준이 되었다. 모두 다 홍 노인이 지어준 약 덕분이다.

지난 한 달 동안에 그는 사부 무당 장문인 무학자가 전수해준 십단금을 집중적으로 연마하여 현재 일 성 정도의 성과를 이루었다.

무학자는 대무영의 골격과 자질을 충분히 따져본 후에 그가 십단금을 대성하려면 하루도 쉬지 않고 꾸준히 연마할 경우에 아무리 빨라도 최소한 오 년 정도 소요될 것이라고 내다봤었다.

무당파에서 자질이 훌륭한 일대제자가 십단금 대성에 이십여 년이 소요되는 것에 비추어보면 무학자가 대무영을 얼마나 높이 평가했는지 짐작할 수 있다.

대무영은 하루 중에 칠 할을 십단금 연마로, 이 할을 대라검법 수련으로, 그리고 나머지 일 할을 삼족오검법의 요결을 찾아내는데 소요했다.

대라검법은 달리 태극혜검이라고도 불리며 무당사절의 첫손가락에 꼽히는 최고절학이다.

그는 무당파에 머무는 열흘 동안 십단금을 배우는 틈틈이 주지화에게 부탁하여 대라검법의 구결을 해독해 달라고 하여 외워두고 있었다.

이곳에 머무는 동안 대라검법을 완성하겠다는 욕심 같은 것은 부리지 않는다.

다만 첫 단추를 꿴다는 생각과 편안한 마음으로 대라검법을 시작하려는 것뿐이다.

하루 중에 나머지 일 할을 삼족오검법에 투자하고 있는 이유는 그가 아직도 그것에 대한 미련을 떨쳐 버리지 못하고 있기 때문이다.

그는 동이검을 매우 특별하게 여기고 있다. 더구나 동이검 검신에 나타나는 오로지 그에게만 보이는 삼족오에 대해서는 신비하고도 경이롭게 생각하고 있다.

그런 삼족오가 물과 태양광을 통해서 그에게 현란한 삼족오무를 보여준 것에는 분명히 뭔가 심오한 뜻이 있을 것이라는 믿음을 버리지 않고 있다.

하지만 한 달이 지난 지금까지도 그의 믿음은 현실로 드러나지 않고 있다.

술시(밤 8시) 무렵.

십단금 연마를 하던 대무영은 날이 너무 더워서 찬물에 목욕을 하면서 더위를 식히며 생각을 정리할 겸 집에서 오십여 장쯤 상류로 올라가다가 적당한 곳을 찾았다.

집에서 가까우면 홍수아의 눈에 띌 수도 있어서 멀찌감치 올라온 것이다.

그곳은 강 가장자리에 형성된 아담한 소(沼)였다. 제법 큰 여러 개의 바위가 병풍처럼 빙 둘러쳐져 있어서 바깥쪽에서는 안이 보이지 않았고 수심도 반 장에서 일 장 남짓으로 적당했다.

그는 옷을 활활 벗어 알몸이 된 후에 목에서 어천을 벗어 옷으로 둘둘 말아 동이검과 함께 눈에 띄지 않는 바위틈에 감쳤다.
 어천은 피수의 효능이 있으므로 목에 걸고 강에 들어가면 물을 밀어내서 목욕을 할 수가 없다.
 "어……."
 차가운 물에 목까지 담그자 더위가 씻은 듯이 사라져 저절로 탄성이 흘러나왔다.
 그가 다리를 쭉 펴고 바위에 등을 대고 있는 곳 옆에는 석자 높이에서 떨어지는 작은 폭포가 있었다. 그는 조금 자리를 이동하여 폭포 아래로 갔다.
 촤아아…….
 작은 폭포지만 물줄기가 정수리로 떨어지자 정신이 번쩍 들 정도로 시원했다.
 얼굴로 쏟아지는 물줄기 사이로 밤하늘에 모래알처럼 깔려 있는 수많은 별이 보였다.
 그리고 그 별 밭에 홀연히 아름다운 해란화의 모습이 아련하게 나타났다.
 '무영가.'
 해란화가 그리움이 가득한 얼굴로 촉촉하게 그를 부르는 것 같았다.
 '난화…….'
 대무영은 가슴이 짓눌린 것처럼 울컥했다.

이 세상에 태어나서 그가 최초로 사랑을 느낀 아름답고도 수줍으며 착한 여자 해란화.

그러나 지금은 그녀가 살아 있는지 죽었는지 생사조차도 알 길이 없다.

그래서 그는 자신이 너무나도 무능하다는 자괴감 때문에 해란화를 생각하는 것조차도 죄스러웠다.

용맹한 장수가 전쟁터에 나가지 못하고 초야에 묻혀서 자신의 허벅지에 점점 살이 붙는 것을 탄식하는 것처럼 그 역시 그런 비육지탄(髀肉之嘆)에 빠졌다.

그때 까마득한 천공에 한차례 바람이 부는 것 같더니 해란화의 모습이 스르르 사라져 버렸다.

'난화! 안 돼……'

그녀의 모습이 사라지는 것이 너무도 안타까워서 그는 밤하늘을 향해 손을 뻗었다.

그때 해란화의 모습이 사라진 자리에 이번에는 보석처럼 아름다운 주지화의 모습이 나타났다.

'화야……'

대무영을 '영랑'이라고 부르며 맹목적으로 사랑과 순종을 바쳤던 씩씩하고 명랑한 주지화였다.

지금 생각해 보면 그는 주지화를 사랑했었던 것 같다. 해란화하고는 조금 다른 형태겠지만, 그녀를 사랑했었던 것이 분명했다.

만약 누군가 주지화를 사랑하느냐고 물으면 부인할 수 없기 때문이다.

주지화가 영원히 곁에 있을 것 같았을 때는 몰랐었는데 떠나고 나니까 사랑이 느껴졌다.

"......!"

그때 대무영은 가까운 곳에서 누군가 다가오는 기척을 느끼고 흠칫했다.

머리 위에서 쏟아지는 폭포 소리와 해란화, 주지화의 영상에 정신이 팔린 탓에 누군가 이토록 가까이 다가오도록 모르고 있었던 것이다.

그러나 그는 잠시 후에 소 맞은편에서 사박사박 모래를 밟으면서 바위 옆으로 모습을 드러낸 홍수아를 발견하고 실소를 지었다.

그녀는 소 옆 나지막하고 평평한 바위에 올라서는가 싶더니 주위를 두리번거리지도 않고 거침없이 사르륵 입고 있는 옷을 벗기 시작했다. 당연히 아무도 없을 것이라고 생각하는 것 같았다.

이곳은 깊은 산골 마을이고 그녀의 집은 동백촌에서도 외따로 떨어진 곳에 위치해 있으므로 한밤중 이런 외진 곳에 사람이 있을 리가 없다.

더구나 이 소는 그녀가 여름철 한밤중에 혼자서 몰래 더위를 식히러 목욕을 하러 오는 비밀장소이기 때문에 거리낌 없이 옷을 벗는 것이다.

대무영은 이곳에 자신이 있다는 사실을 알릴 기회를 놓쳐버리고 말았다.

그가 놀라고 당황해서 눈을 둥그렇게 뜨고 쳐다보는 사이에 홍수아는 실오라기 한 올 걸치지 않은 눈부신 전라의 몸이 되었다.

대무영은 폭포 물줄기 아래 포말이 부서지는 곳에 자라처럼 머리만 내놓고 있고, 캄캄한 밤중이라서 홍수아의 눈에 띄지 않은 것이다.

홍수아의 용모는 해란화나 주지화처럼 절대적인 아름다움에는 미치지 못한다.

하지만 홍수아는 이런 산골 마을에서 썩기는 아까울 만큼 뛰어난 미모의 소유자다.

또한 용모보다 더 훌륭한 것들을 지니고 있다. 이슬처럼 청순하고 티 없이 해맑으며 누구보다 착한 심성을 지녔다는 사실이다.

그리고 지금 이 순간 지금까지 대무영이 감쪽같이 모르고 있었던 사실 한 가지가 더 밝혀졌다.

바위 위에 오도카니 서 있는 홍수아의 몸매, 아니, 나신은 정말 싱싱하고 탐스러웠다.

그가 이따금 봤던 주지화의 나신처럼 숨이 막힐 정도는 아닐지라도, 어디 한군데 흠 잡을 데 없이 탄력 있고 미끈하며 건강한 여체였다.

주지화가 무르익은 육체를 지녔다면 홍수아는 아직 영글지 않은 풋풋한 몸매다.

흡사 지금이라도 날개를 퍼덕이면서 하늘로 날아오를 한 마리 학 같은 모습이었다.

그는 얇은 옷을 입은 홍수아가 물에 흠뻑 젖은 몸을 접하고 흥분했었는데, 지금 눈앞에 있는 그녀의 전라는 그것하고는 비교가 되지 않을 정도다.

대무영이 홍수아의 나신에 잠시 정신이 팔린 사이에 그녀는 두 팔을 모아서 앞으로 뻗고 늘씬한 몸을 쭉 뻗은 자세와 멋진 동작으로 소에 뛰어들었다.

첨벙!

'이거……'

자신의 존재를 알릴 기회를 놓쳐 버린 대무영은 폭포 물줄기 아래에서 웅크린 채 이러지도 저러지도 못하고 난감한 표정을 지었다.

좌아아…….

물에 뛰어들어 더위가 씻은 듯이 사라진 홍수아는 몹시 기분이 좋아져서 아담한 소를 이리저리 여러 동작으로 헤엄을 치면서 돌아다니며 콧노래까지 흥얼거렸다.

그러더니 방향을 바꿔서 대무영이 있는 폭포 쪽으로 유유히 헤엄을 쳐오기 시작했다.

그 길지 않은 시간에 대무영은 지금이라도 모습을 드러내야 할 것인가 말 것인가를 고민하다가 결국 머리를 물속으로 쑥 집어넣어 숨고 말았다.

그러면서 그녀가 폭포까지 오지 말고 방향을 바꾸기를 간절하게 바랐다.

그러나 어째서 이런 상황에서의 바람은 언제나 어긋나는 것인지 모를 일이다.

평소에 홍수아는 폭포 아래에서 조금 전까지 대무영이 하고 있던 자세를 취하는 것을 제일 좋아했었다.

폭포 아래는 움푹 들어간 좁은 장소라서 한 사람이 등지고 앉으면 딱 좋은 장소다.

또한 그곳은 대무영이 앉아 있으면 물이 가슴까지밖에 차지 않는 곳이라서 지금 그는 거의 누운 자세로 물속에 잠겨 있는 상태다.

그런데 그가 어떻게 해볼 새도 없이 홍수아는 폭포 아래에 이르러 빙글 몸을 돌리고는 조금 전에 그가 취했던 자세를 취하면서 스르르 몸을 눕히듯 앉았다.

"아……."

 순간 몸이 물속으로 가라앉으면서 그녀는 제일 먼저 둔부에 뭔가 단단하고 길쭉한 것이 닿는, 아니, 찌르는 것을 느끼고 움찔 놀라 몸을 떨었다.

 그 다음에 그녀의 허리와 등, 어깨가 물컹! 하고 대무영의 커다란 몸 위에 얹혀졌다.

 "꺄아… 읍!"

 소스라치게 놀란 그녀가 자지러지는 비명을 지르려는 순간 대무영은 급히 손으로 그녀의 입을 가리면서 수면으로 머리를 내밀었다.

 "수아, 나다. 놀라지 마라."

 그녀를 자신의 몸 위에 눕히듯이 앉힌 자세에서 그가 그녀의 귓전에 대고 속삭였다.

 "아……."

 그가 입을 가린 손을 떼자 그녀는 고개를 돌려 그의 얼굴을 확인하고는 안도의 표정을 지으며 자신도 모르게 단단하게 긴장했던 몸이 늘어졌다.

 대무영은 그녀의 몸이 아래쪽으로 미끄러지려고 하자 급히 두 손으로 그녀를 감싸 안았다.

 이런 황당한 상황에 자신의 몸 위에서 그녀의 몸이 미끄러지는 것이 무에 대수라고 반사적으로 그녀를 얼싸안은 것인지 모를 일이다.

그래놓고서 그는 당황했지만 허둥거리면 더 이상할 것 같아서 가만히 있었다.

'말도 안 돼……'

홍수아도 자신의 어이없는 반응에 놀라기는 마찬가지다. 자신이 즐겨 찾는 폭포 아래 물속에 있었던 사람이 대무영이라는 사실을 알고는 크게 안도하는 자신을 한발 늦게 발견한 것이다.

어색함 때문에 두 사람은 굳은 듯 그 자리에 가만히 있었고 기묘한 침묵이 흘렀다.

두 사람은 아직 자신들이 어떤 자세로 어떻게 하고 있는지 전혀 느끼지 못했다.

갑작스러운 당황함은 이런 상황에서 기본적으로 느껴야 할 여러 가지 것을 마비시켰다.

일 다경이 흐르는 동안 아무도 입을 열지 않았고 그 자세에서 꼼짝도 하지 않았다.

쏴아아…….

작은 폭포의 물줄기 소리만 간단없이 들려오고 있었다.

대무영은 자신이 어떤 행동을 취하지 않는 한 지금의 균형이 깨지지 않는다는 사실을 깨달았다.

그가 알고 있는 홍수아는 숫기가 없고 수줍음이 많아서 이

대로 놔두면 날이 샐 때까지 아무 말도 하지 않고 가만히 있을 것이다.
"어… 더워서 말이야……. 목욕도 할 겸……."
홍수아는 뒷머리를 대무영의 어깨에 대고 약간 누운 듯한 자세로 가만히 있었다.
"마침 좋은 장소를 찾아서 왔는데… 네가 올 줄 알았으면 다른 곳으로 가는 건데……."
"아… 니에요."
홍수아가 고개를 살래살래 가로저으면서 말했다. 그녀가 반응을 보였으니 이제 어색함이 절반 이상은 사라진 것이라고 할 수 있다.
두 사람의 몸이 포개져 있다고 해도 꼼짝하지 않고 가만히 있으면 자신들이 어떤 자세로 어떤 상황에 놓여 있는지 느끼지 못한다.
인간의 감각기관은 조금이라도 몸을 움직여야만 느낄 수 있도록 되어 있다.
홍수아가 고개를 흔드는 바람에 몸도 따라서 약간 움직여졌고, 그래서 두 사람의 몸이 닿아 있는 부위들이 비로소 후드드 깨어났다.
순간 두 사람의 몸이 동시에 굳어졌다.
조금 전에 홍수아의 몸이 미끄러지지 않도록 감싸 안은 대무영의 두 손이 그녀의 한 쌍의 젖가슴을 움키듯이 잡고 있는 것이 느껴졌기 때문이다.

그뿐만이 아니다. 아까 홍수아가 옷을 벗은 직후부터 단단하게 발기해 있던 대무영의 음경이 그녀의 허벅지 깊숙한 곳 사이로 불쑥 솟아올라 있었다.

어쩌면 음경에 걸려서 그녀의 몸이 아래로 미끄러지지 않았는지도 모른다.

'이게 어쩌다가…….'

대무영은 씁쓸한 표정을 지으며 홍수아의 가슴에서 슬그머니 손을 떼고 그녀의 양 어깨를 붙잡았다.

"이제 가야겠다."

"가지 말아요."

대무영이 그녀를 가만히 밀어내면서 몸을 일으키려는데 갑자기 그녀가 몸을 홱 돌려 그와 마주 보면서 두 팔로 그의 목을 끌어안았다.

"수아……."

그녀는 그를 꼭 끌어안고 귓전에 입술을 대고 뜨거운 입김을 토해냈다.

"저는 어린아이가 아니에요. 저는… 저는… 이제 모두 다 알아요. 그래서 제 마음을 감추지 않을 거예요……."

극도로 당황했으나 지금이 아니면 기회가 없다고 판단한

그녀는 죽을힘을 다해서 용기를 내고 있다.

"저는 처음에는 오라버니를 좋아했는데… 지금은 죽을 만큼 사랑하고 있어요. 한시라도 오라버니가 없으면 살 수 없어요……. 저는 오라버니 거예요……."

그녀는 횡설수설했다. 그래도 그 뜻은 대무영에게 그대로 전달되었다.

아무도 없는 외딴 산골에서 할아버지와 단둘이 살아온 그녀 앞에 어느 날 갑자기 나타난 대무영은 외로운 그녀에게 내려준 하늘의 선물이나 다름이 없었다.

더구나 어디 한군데 나무랄 데 없으며 매력덩어리인 대무영이 아닌가.

그래서 그녀는 하루가 다르게 그에게 매료되었으며, 이제는 그가 없는 삶이라는 것은 상상조차 할 수 없는 지경에 이르고 말았다.

"저를 마음대로 해도 좋아요. 아… 아니, 저는 오라버니의 여자가 되고 싶어요. 진심이에요……."

그녀는 말을 하면서 점점 더 세게 대무영을 온몸으로 옭죄었다.

아마도 그것은 그녀의 마음이리라. 마음으로 그의 마음을 옭죄고 싶은 것이리라.

그녀는 자신의 순결을 대무영에게 바침으로써 그의 여자

가 되고, 또 그가 떠나지 않을 것이라고 생각했다.

'이거 참……'

하지만 대무영은 다른 것 때문에 전전긍긍 고심하고 있는 중이었다.

홍수아가 갑자기 몸을 돌려서 그와 마주 보는 자세로 다리를 넓게 벌리고 걸터앉는 바람에 그의 단단하게 발기된 음경이 그녀의 옥문을 찌르고 있는 상황이 돼버린 것이다.

약간 노골적인 표현이겠지만, 만약 홍수아가 남자 경험이 풍부한, 그래서 옥문이 언제든지 음경을 받아들이기에 충분한 조건을 갖추고 있었다면 대무영의 음경은 이미 삽입되었을 것이다.

하지만 그녀는 순결한 몸이고 이제 막 피어나기 시작한 꽃봉오리이기 때문에 단단하게 발기한 음경 위에 정확하게 옥문을 얹고서도 무사(?)할 수 있는 것이다.

그렇지만 대무영은 홍수아의 진심 어린 고백을 중도에서 끊어버릴 용기가 없었다.

그로 인해서 그녀가 큰 상처를 입게 될 것이라는 사실을 짐작하기 때문이다.

이런 상황에서 그녀는 방금 자신은 대무영의 여자가 되겠다고 말했다.

그것이 그의 강력한 자극제가 되어버렸다. 십구 세 건장한 청년의 욕정이란 터져 나오는 화산 같은 것이다. 혹독한 훈련을 받는 불가나 도가에서도 끝내 인내하지 못하는 것이 성욕이 아니던가.

"오라버니… 저를 가져요… 저는 준비가 되었어요……."

홍수아는 할딱거리면서 간신히 말하고는 더욱 몸을 밀착시키며 약간 허리를 옴찔거렸다. 누가 가르쳐 준 것이 아닌 본능적인 움직임이다.

"……!"

그제야 그녀는 대무영의 단단한 음경이 자신의 옥문을 찌르고 있다는 사실을 깨닫고 소스라치게 놀랐다. 그러나 놀라움은 즉시 사라지고 그 자리를 활활 불타오르는 욕정이 차지했다.

"수아……."

욕정이 최고조에 도달한 대무영은 두 손으로 그녀의 둔부를 거세게 움켜잡았다.

"흐으… 나는… 더 이상……."

그의 두 눈에서는 시뻘건 욕정과 고뇌의 눈빛이 복잡하게 얽혀서 흘러나왔다.

그의 사라져 가는 마지막 이성은 이것이 어쩔 수 없는 상황이라고 강력하게 자기변명을 했다.

그 동안 홍수아하고 필요 이상으로 친해져 버렸다. 그래서 이 지경까지 온 것이다.

미대난도(尾大難掉). 꼬리가 커져서 흔들기가 어려워졌다. 즉, 일이 너무 커져 버려서 이제는 멈추려야 멈출 수 없는 상황이 돼버린 것이다.

"오라버니……"

홍수아는 욕정이 무엇인지 모른다. 그러나 본능적으로 대무영이 자신을 원하고 있다는 것을 느끼고는 누가 가르쳐 주지도 않았는데 그의 음경이 좀 더 잘 삽입될 수 있도록 둔부를 약간 들어주었다.

사실 한 달쯤 전에 그녀는 할아버지의 심부름으로 아랫마을 어린촌에 갔었다.

그녀가 저녁식사 때 느닷없이 '가운뎃다리'라는 말은 해서 두 남자를 혼비백산하게 만든 며칠 후였다.

어린촌의 평소 알고지내는 집에서 물건 하나를 빌려오라는 심부름이었다.

하지만 그것은 전혀 중요한 심부름이 아니었으며, 홍 노인은 사전에 미리 그 집의 안주인을 만났었다.

그래서 며칠 후에 자신의 손녀를 이곳에 보낼 테니까 그녀가 과연 무슨 생각을 하고 있는지 알아내고, 또 여자의 몸의 변화와 남녀관계에 대해서 넌지시 설명을 해주라는 부탁을 했었다.

능구렁이 같은 그 집 안주인은 홍수아의 마음을 슬쩍 건드려보았다.

 그랬더니 그녀는 머뭇거리면서 자신의 마음을 조심스럽게 꺼내놓았다.

 즉, 자신의 집에서 함께 살고 있는 대무영을 바라보는 자신의 마음에 대해서다.

 안주인은 홍수아에게 그것은 조금도 걱정할 것이 아니며 오히려 지극히 자연스러운 현상이고 그것을 '사랑'이라 한다고 가르쳐 주었다.

 그리고 그 사내를 진정으로 사랑하면 마음뿐만 아니라 몸도 주는 것이라고 말했다.

 그리고는 어떻게 순결을 허락하는지, 여자의 어떤 행동에 사내들이 좋아하는가, 또한 어떻게 관계를 맺으며 그리고 난 후에는 임신과 출산을 하게 된다는 것 등을 자세히 설명해 주었다.

 난생처음 여러 가지 지식을 알게 된 홍수아는 대무영에 대한 자신의 마음이 깨끗이 정리되었다.

 그녀는 자신이 그를 죽도록 사랑하고 있으며, 그의 여자가 되고 싶고, 그러기 위해서 기회가 생기면 기꺼이 순결을 허락하겠다는 결심을 했었다.

 그리고 오늘 바로 하늘이 점지해 준 것처럼 그 운명의 기회가 주어진 것이다.

"흐으으… 수아……."

대무영은 그녀의 몸을 조금 들어 올려 입으로 덥석 젖가슴을 물고 빨아대기 시작했다.

그 아픔 때문에 홍수아는 비명을 지를 뻔했으나 가까스로 참았다.

이어서 대무영은 두 손으로 움켜잡은 그녀의 둔부를 활짝 벌려서 음경이 그녀의 옥문에 원활하게 삽입될 수 있도록 하였다.

그는 거의 이성을 잃었다. 지금 그가 생각하는, 아니, 생각하는 기능 자체를 망각했다. 그는 오로지 본능적인 욕구에 충실하고 있을 뿐이다.

음경의 귀두가 옥문을 뚫고 진입하려는데 그게 쉽지 않자 그는 그녀의 둔부를 더욱 세게 잡아당겼다.

"아악!"

순간 너무도 지독한 고통 때문에 홍수아는 자신도 모르게 날카롭게 비명을 터뜨렸다.

둔부를 너무 힘껏 잡아당겨 찢어지는 듯한 통증에다가 시뻘겋게 불에 달군 인두 같은 것이 옥문을 헤집고 들어오는 것 같은 극심한 고통을 동시에 느낀 것이다.

"……."

그 바람에 대무영은 온몸에 펄펄 끓는 물을 뒤집어쓴 것처럼 정신이 번쩍 들어 동작을 뚝 멈추었다.

그는 지금 자신이 취하고 있는 모습을 차가운 이성의 시선으로 발견했다.

커다란 입으로 아직 채 영글지 않은 젖가슴을 게걸스럽게 빨아대고 있다.

또한 두 손으로는 둔부의 양쪽을 붙잡아 찢어버리기라도 할 듯이 힘을 주고 있으며, 그 추악한 음경은 순결하고도 고결한 옥문을 부수고 있는 중이다.

아마도 천하 절대다수의 열아홉 살 건강한 사내라면 이런 상황에서 무조건 일을 저지르고 말았을 것이다.

그러나 대무영은 결코 그 절대다수에 속할 수도 없으며 속해도 안 된다.

그는 이미 소연이라는 어린 소녀를 짓밟은 쓰라린 과오가 있지 않은가.

"이익!"

"앗!"

대무영은 홍수아를 거칠게 밀치고 물을 헤치며 소 가장자리로 달려갔다.

"흐으으… 추악한 놈……."

이어서 낮은 바위에 아직도 욕정을 품은 채 끄떡이고 있는 음경을 얹어놓았다.

그리고는 눈에 불을 켜고 주위를 둘러보다가 손에 잡히는 대로 주먹 두 개 크기의 돌 하나를 집어 들어 번쩍 들어 올렸다.

돌로 자신의 음경을 짓이겨 버리려는 것이다. 그는 그 정도로 자신에 대해서 분노하고 있었다.

"안 돼요!"

그때 뒤에서 홍수아가 와락 그의 허리를 끌어안으면서 날카롭게 비명을 질렀다.

"으흑흑! 그러지 말아요! 저 같은 하찮은 것 때문에 이러면 안 돼요……!"

"수아……."

대무영의 얼굴이 참담하게 일그러졌다. 그녀는 절대 하찮은 존재가 아니다.

오히려 그가 벌레처럼 하찮은 존재다. 그러므로 그는 그녀의 위로를 받을 자격도 없다.

홍수아는 그를 끌어안은 채 몸부림치며 흐느껴 울었다.

"오라버니의 여자가 되고 싶다고 한 말… 거짓말이에요. 그냥 장난을 해본 거예요……. 그러니 제발……."

이 순간 대무영은 자신이 얼마나 초라한 존재이며 홍수아가 얼마나 위대한지 절실하게 깨달았다.

그리고 자신이 지금 음경을 짓이겨 버리면 그녀가 절망하고 어쩌면 돌이킬 수 없는 잘못을 저지를지도 모른다는 생각이 들어서 힘없이 돌을 내려놓았다.

# 第四十九章
원한의 북상(北上)

대무영은 이제 떠나야 할 때라는 판단을 내렸다.

원래는 홍 노인이 제조해 준 약을 다 복용하고 천년하수오의 효능을 극성까지 이끌어내어 이곳에서 십단금과 대라검법까지 완성하고 떠날 계획이었다. 그래야지만 복수를 할 수 있을 것이기 때문이다.

대무영은 이곳이 고향처럼 편했고 홍 노인과 홍수아하고 가족처럼 지내는 것이 좋았다.

하지만 냉정하게 생각해 보면 그는 이곳을, 그리고 홍 노인과 홍수아를 이용하고 있었던 것이다.

그는 단란하게 살고 있는 산골의 조손 앞에 어느 날 불쑥 나타나서 크나큰 은혜를 입었다.

그것으로도 모자라서 계속 얹혀살면서 그들의 희생을 강요하고 있는 불청객이 바로 그였다.

새벽 인시(4시경). 대무영은 조용히 통나무집을 나섰다.

그는 일전에 홍수아가 며칠 밤을 새워서 지어준 녹의 한 벌을 입고 있는 모습이다.

어릴 때부터 홍 노인과 자신의 옷을 직접 만들어서 입어온 그녀의 솜씨는 나무랄 데가 없다.

그가 입은 옷은 강호인들이 입는 날렵한 경장이 아니라 백성들이 입는 펑퍼짐한 베옷이다.

하지만 대무영에겐 그 어느 것보다도 소중한 옷, 아니, 보물일 수밖에 없다.

그는 오른쪽 어깨에 동이검을 메고 있으며, 품속에는 네 자루의 수리검과 단검 한 자루만 들어 있다.

단검은 그의 모친이 만삭일 때 훌쩍 떠난 부친이 남긴 것으로, 손잡이에 '무영'이라고 양각되어 있어서 그는 속으로 '무영검'이라고 부르고 있다.

무영검은 수리검하고 길이가 비슷하고 모양까지 흡사해서 동백촌에서 처음 깨어나서 대충 봤을 때 수리검인 줄 알았는데 나중에 살펴보니까 다행히도 무영검이었다.

그는 입구에서 세 걸음 걸어 뒤돌아서 통나무집을 향해 묵묵히 큰절을 올렸다.

홍 노인과 홍수아 두 사람에게 입은 크나큰 은혜와 아무런 말도 없이 떠나는 죄스러움을 담은 절이다.

그가 집을 떠나 강둑길을 따라서 하류로 걸어가고 있을 때 뒤에서 그를 부르는 소리가 들렸다.

"무영아!"

멈춰서 돌아서니 어둠 속에서 홍 노인이 헐레벌떡 달려오고 있는 모습이 보였다.

그를 발견한 대무영은 가슴이 저렸다. 홍 노인의 얼굴을 마주 대할 자신이 없었다.

그래서 이대로 돌아서서 그냥 도망칠까 하고 갈등하는데 발이 떨어지지 않았다.

"무영아! 헉헉헉……."

늙은 몸으로 쉬지 않고 수백 장을 달려온 홍 노인은 숨이 턱에 차서 그 자리에 주저앉아 격렬하게 헐떡거렸다.

"할아버지……."

이곳에서 지낸 지 석 달. 아니, 그가 혼절에서 보름 만에 깨어났으니까 석 달 보름 동안 이곳에 있었다. 그동안 그는 홍수아를 누이동생처럼, 홍 노인을 할아버지처럼 여기면서 오

붓하게 생활했었다.

　겨우 숨을 고른 홍 노인은 자신의 앞에 무릎을 꿇고 있는 대무영의 손을 잡으며 처연하게 바라보았다.

　"무영아, 꼭 가야만 하느냐?"

　"할아버지."

　홍 노인의 쭈글쭈글한 노안으로 굵은 눈물이 주르르 흘러내리는 것을 본 대무영은 가슴이 콱 막혀서 뭐라고 말을 할 수가 없었다.

　"할애비하고 수아하고 여기에서 함께 살면 안 되겠느냐? 응? 무영아……."

　정이란 이런 것이다. 그동안 너무 깊은 정이 들어서 헤어짐이 마치 애간장을 도려내는 것처럼 아팠다.

　"내가 죽으면… 저 어린 수아는 어쩔꼬……."

　칠순의 홍 노인은 그리 오래 살지 못할 것이다. 강호인이 아닌 보통 사람으로서 육십 세 환갑이면 장수하는 것인데 칠순이면 굉장한 장수다.

　앞으로 살게 될 날이 얼마 남지 않은 홍 노인은 손녀를 걱정하고 있는 것이다.

　홍 노인은 몇 달 후에 죽을 수도 있고 아니면 몇 년 후에 죽을 수도 있다.

　그때가 되면 홍수아는 이 산골 외딴 집에서 철저히 혼자로 남겨지게 될 것이다. 그걸 생각하니 대무영은 착잡하기 이를 데 없다.

홍 노인의 눈물이 손등에 뚝뚝 떨어져도 대무영은 뭐라고 할 말이 없다.

이 순간을 모면하기 위해서 섣부른 거짓 약속 따위는 할 줄 모른다. 이럴 때 그의 솔직함은 너무 거추장스럽다.

"약속해다오……."

홍 노인은 눈물과 콧물이 범벅된 얼굴을 들어 대무영을 바라보았다.

"언젠가는 돌아와서 수아를 거두겠다고 말이다. 너의 여자로 거두라는 말이 아니다. 수아에게 그럴 자격이 없다는 것은 알고 있다. 그저… 거두어서 하녀라도 삼으라는 얘기다. 그래 줄 수 있겠느냐?"

대답이 없자 홍 노인은 간절한 얼굴로 그를 바라보다가 고개를 숙이며 쿨쩍거렸다.

하지만 더 이상 대무영을 곤란하게 만들지는 않았다. 그를 붙잡을 수도, 약속을 받아낼 수도 없다는 것을 깨달은 홍 노인은 갖고 온 봇짐을 내밀었다.

"이걸 갖고 가거라."

대무영이 묵묵부답 가만히 있으니까 홍 노인은 봇짐을 그의 손에 쥐어주었다.

"틈틈이 만들어두었던 환약이다. 두어 달치는 될 테니까 하루에 세 번씩 잊지 말고 복용해라."

"큭……."

대무영은 참았던 울음이 터지고 말았다. 그는 주먹으로 눈두덩을 문지르며 낮게 흐느꼈다.

"할아버지……."

대무영이 떠날 수밖에 없음을, 그리고 돌아오지 않을 것을 알면서도 홍 노인은 부드럽게 그의 등을 두드렸다.

"몸조심해라."

그때 대무영은 마음속으로 결심했다. 언젠가는 이곳에 돌아와서 홍 노인, 홍수아와 함께 살겠다고 말이다. 하지만 그것을 말로 하지는 않았다.

*  *  *

형산 남쪽 기슭의 동백촌을 떠난 대무영은 한 걸음마다 원한과 복수를 곱씹으면서 북상했다.

이십 일 만에 하남성 남쪽 남소현에 도착한 대무영은 압하 상류에 형성되어 있는 기루 촌으로 향했다. 그곳에 광명루가 있기 때문이다.

하지만 그는 곧장 광명루로 가지 않고 은밀하게 주위를 배

회하면서 광명루의 동정을 살폈다.

예전에는 무슨 일이 생기면 앞뒤 재지 않고 무조건 들이닥쳤으나 지금은 조심성이 많아진 것이 그의 달라진 모습이다. 누가 그러라고 가르친 것이 아니다. 스스로 깨우친 것이다.

그의 모습은 조금 변해 있었다. 동백촌에서부터 이곳까지 오는 이십 일 동안 면도를 하지 않아서 코밑과 입주변이 수염으로 거멓게 뒤덮였다.

그는 여기까지 오면서 서둘지 않았다. 또한 거의 관도로는 오지 않고 주로 산길로 왔다.

여러 개의 강을 만났으나 모두 헤엄을 쳐서 건넜다. 사람들 눈에 띄지 않기 위해서다.

누구 한 명이라도 그를 알아본다면 그 사실은 결과적으로 마학사의 귀에 들어갈 것이기 때문이다.

까칠하고 덥수룩하게 수염을 기르고 머리카락이 얼굴을 가린 더벅머리라는 것만으로도 그의 모습은 전혀 다른 사람 같았다.

더구나 동이검을 낡은 헝겊으로 감쌌으며 허름한 평민 옷차림이어서 강호인으로는 보이지 않았다.

지금은 한밤중이라 광명루를 비롯한 기루 앞은 호객하는 기녀들과 기루를 기웃거리는 사내들로 꽤 북적거리는 터에 남루한 모습의 대무영을 눈여겨보는 사람은 없었다.

그는 광명루 앞을 두 번 지나쳤으나 그렇게 해서는 안쪽의 상황을 살필 수가 없을 것 같아서 기루 촌을 완전히 벗어난 후에 강가로 내려가 뒤쪽으로 접근했다.

기루 촌의 뒤쪽은 전혀 다른 광경이다. 이곳 압하는 수심이 얕아서 유람선을 띄울 만한 형편이 못 되기 때문에 뒤쪽은 인적이 없고 어두컴컴하며 담조차도 없어서 광명루로 잠입하는 것은 식은 죽 먹기다.

대무영은 마학사가 아직까지 이곳에 있을 것이라고는 생각하지 않는다.

그가 목적으로 삼은 사람은 광명루주인 적아다. 그녀를 제압해서 마학사에 대해 알아낼 생각이다.

고분고분 실토하지 않으면 사지를 자르고 어떤 잔혹한 고문을 가해서라도 입을 열게 할 것이다. 지금 같은 심정으로는 적아 한 사람쯤 죽이는 일은 파리 한 마리 죽이는 것이나 다름이 없다.

그 다음은 소연을 만나고, 아니, 보고 싶었다. 지금은 그녀를 만날 수 있는 상황이 아니다. 그저 먼발치에서라도 잘 있는지 한 번 보고 싶은 마음이다.

그녀가 잘 있는지 그것만 확인하고 싶었다. 어쨌든 그녀는 대무영이 세상에 태어나서 처음으로 정사를 나누고 그의 동정을 준 여자다.

비록 열다섯 살 어린 소녀지만 그에게는 한 사람의 여자인 것이다. 그에 의해서 소녀에서 여자가 된.

 기루에는 호위무사가 있으나 기녀들에게 무슨 일이 벌어지지 않는지 호위하는 것이 임무니까 기루 안에서 어슬렁거리거나 웅크리고 있을 것이다.

 대무영은 무슨 일이 있어도 자신의 모습을 드러내지 않을 생각이다.

 마학사는 필경 대무영이 형산에서 죽었다고 생각할 것이다. 그렇게 생각하지 않을 이유가 없다.

 그러므로 그가 살아 있다는 사실을 절대로 마학사가 알게 해서는 안 된다.


 대무영은 술이 곤드레가 되어 있는 손님들의 방으로 들어가서 은근슬쩍 그 자리에 끼었다.

 하류무사쯤으로 보이는 손님들이 만취하여 뻗어버리자 기녀들은 모두 자리를 뜨고 실내는 말 그대로 배반낭자(杯盤狼藉)의 광경이다.

 네 명의 사내들은 탁자에 엎드리거나 아예 바닥에 대자로 누워서 제 집처럼 자면서 이따금 잠꼬대를 했다.

 대무영은 술병을 집어서 한 모금 입에 머금었다가 뱉어내고 술을 앞섶 여기저기에 묻혔다. 술 냄새가 나도록 해서 취객처럼 보이려는 것이다.

탕탕탕!

"루주… 루주를 불러와라!"

이어서 손바닥으로 탁자를 세게 두드리면서 고래고래 고함을 질렀다.

적아가 어디에 있는지도 모르는 상황에서 그녀를 찾겠다고 이리저리 돌아다니는 것이 오히려 더 위험할 것 같다고 판단했다.

그가 서너 번 악을 쓴 다음에야 잡일을 하는 하녀 한 명이 들어왔다.

"무슨 일이신가요?"

"끄윽! 루주를 불러와라!"

탁자 앞에 앉은 대무영이 몹시 취한 것처럼 상체를 이리저리 흔들면서 풀린 눈으로 혀 꼬부라진 소리를 하자 하녀는 이맛살을 찌푸렸다.

"무슨 일로 루주를 찾으시나요?"

"죽고 싶은 게냐?"

대무영은 와락 인상을 쓰면서 두 손을 뻗어 당장에라도 하녀의 목을 비틀겠다는 시늉을 해보였다.

하녀는 새파랗게 질려서 비명을 지르며 밖으로 도망쳤다. 그러나 잠시 후에 실내로 들어선 사람은 적아가 아니라 한 명의 호위무사였다.

"왜 그러는 것이오?"

호위무사는 들어서자마자 다리를 벌리고 우뚝 버티고 서서 살기등등한 표정을 지었다.

이런 일은 하루에도 여러 번 겪는 터라서 이골이 난 그는 어떻게 해야 취객들을 고분고분하게 만들 수 있는지 잘 알고 있다.

대무영은 적아가 아닌 호위무사가 와서 조금 실망했으나 예상하지 못한 일은 아니다.

"꺼억! 나는 루주를 오라고 했지 너처럼 못 생긴 놈을 부른 게 아니다……! 알아들었느냐?"

대무영이 금방이라도 쓰러질 듯이 휘청거리면서 주정을 부리자 호위무사는 와락 인상을 쓰며 다가와 그에게 손을 뻗었다.

"냉큼 일어나라. 지금 당장 꺼지지 않으면 다리를 분질러 버리겠다."

상체를 흔들거리던 대무영은 자신의 팔을 잡아서 꺾으려는 호위무사의 명치를 팔꿈치로 슬쩍 찍었다.

"끅……"

쿵!

급소를 제대로 찍힌 호위무사는 그 자리에 풀썩 주저앉으며 얼굴이 노랗게 변해서 숨도 쉬지 못했다.

대무영은 어? 하는 표정을 지었다.

"너… 왜 그러는 거냐? 어디 아프냐?"

그는 호위무사의 머리를 툭툭 건드리며 게걸스러운 웃음을 터뜨렸다.

"푸헷헷! 거 봐라. 나한테 까부니까 하늘에서 천벌이 내린 거다. 엉? 킬킬킬!"

대무영이 머리를 가볍게 툭툭 건드렸으나 호위무사는 천근 바위로 내려찍는 것 같은 충격에 거의 혼절 직전까지 이르렀다.

결국 그는 네 발로 벌벌 기어서 나가더니 잠시 후에 한 명의 화사한 옷차림을 한 여인이 두 명의 다른 호위무사를 양쪽에 거느리고 실내로 들어섰다.

"어느 분이 저를 보자고 하셨나요?"

대무영은 탁자에 엎드려서 자는 체하다가 그 목소리를 듣고 부스스 상체를 일으켰다.

그 짧은 동작을 하는 사이에 그는 목소리의 주인이 적아가 아니라는 사실을 알아차렸다.

그가 게슴츠레한 눈으로 쳐다본 화사한 옷차림의 여자는 과연 적아가 아니었다.

그저 요염하고 색기가 흐르는 전형적인 기녀다운 그런 삼십 대 초반의 여자였다.

"끄윽… 너는… 누구냐?"

"대무영이 해롱거리면서 손가락질하며 묻자 호위무사가 나서려는 것을 여자가 제지했다.

"제가 이곳 광명루의 루주 아홍(雅紅)이에요."

대무영이 보기에는 루주라는 여자 아홍이 거짓말을 하는 것 같지 않았다. 뻔히 적아가 루주인데 자신이 루주라고 나설 이유가 없다.

대무영은 광명루주가 적아라고 철석같이 믿고 있었기 때문에 내심 조금 실망스러웠다.

"언… 제부터 루주였느냐? 끄윽!"

"삼 년 됐어요."

아홍은 차분하게 대답했다. 그녀의 표정이나 목소리 어디에서도 거짓말 하는 것 같은 기색은 없었다. 그녀가 대무영의 주정을 몹시 귀찮아하는 표정이 그녀의 말을 더욱 믿게 만들었다.

아무런 소득도 없이 광명루를 나온 대무영은 마을을 벗어나면서 하룻밤 묵을 곳을 찾아다녔다.

광명루에서 소연을 찾아보고 싶었으나 한바탕 난리를 부렸기 때문에 또다시 눈에 띄는 것은 곤란할 것 같아서 포기해야만 했다.

동백촌을 떠나올 때 홍 노인이 강둑까지 따라와서 눈물로 손에 쥐어주었던 봇짐에는 대무영이 복용할 환약만 들어 있는 게 아니었다.

여비에 쓰라고 은자 열 냥이 꾀죄죄한 작은 주머니에 담겨 있었다.

길을 가다가 우연히 그것을 발견한 대무영은 그 자리에 우두커니 서서 한동안 가슴이 먹먹했었다.

그 돈은 필경 홍 노인이 약초를 팔아서 모아둔 돈이며 또한 전 재산일 것이다.

그들 조손은 거의 자급자족을 하기 때문에 은자 열 냥이면 일 년 동안의 생활비를 하고도 남을 터이다. 그걸 서슴없이 대무영에게 준 것이다. 만약 대무영이 진작 알았다면 죽어도 받지 않았을 것이다.

대무영은 차마 그 돈을 쓸 수가 없었으며 그렇다고 되돌아가서 돌려줄 수도 없는 처지였다.

그는 이곳까지 오는 이십 일 동안 은자 한 냥을 썼다. 잠은 노숙을 하고 되도록 산에서 과일이나 약초를 따 먹거나 짐승을 잡아서 끼니를 때웠으나 사람들이 사는 곳으로 나오면 밥을 사먹을 수밖에 없었다. 그래서 은자 한 냥을 썼으나 돈을 낼 때는 가슴이 떨렸다.

그는 길을 벗어나 근처의 야산으로 향했다. 노숙을 하기 위해서다.

[오라버님.]

그가 산길을 오르고 있는데 갑자기 머릿속이 작게 웅웅 울리며 누군가의 목소리가 들렸다.

아니, 귀로 들리는 것이 아니라 머릿속이나 가슴을 울리는 기묘한 소리였다.

대무영은 걸음을 뚝 멈추고 급히 주위를 둘러보았으나 짙은 어둠 뿐 사람의 모습은 보이지 않았다.

[놀라지 마세요, 오라버님. 소녀 소연이에요.]

"소연……."

그는 움찔했다. 머릿속과 가슴을 울리는 목소리는 분명히 소연의 것이었다.

"너… 어디에 있는 것이냐?"

[오라버님은 소녀를 볼 수 없어요. 소녀는 먼 곳에 있어요. 그러니까 저를 찾으려고 애쓰지 마세요.]

소연은 차분하려고 애쓰는 것 같았으나 목소리가 많이 떨렸고 또 울음기가 배어 있었다.

대무영은 그녀의 말을 도무지 이해할 수가 없었다. 주위에는 소연은커녕 사람이라곤 없는데 그녀의 목소리가 들리고 더구나 귀가 아닌 머릿속이나 가슴을 울리는 이상한 목소리라니 귀신에 홀린 듯한 기분이다.

[오라버님. 이제부터 중요한 사실을 말씀 드릴 테니까 어디 적당한 곳에 편히 앉으세요.]

대무영은 마음을 가라앉히고 그녀 말대로 적당한 장소를 찾기 위해서 두리번거렸다.

[왼쪽 나무 그루터기가 좋아요. 그곳에 앉으세요.]

"……."

소연이 뻔히 보고 있는 것처럼 말하자 대무영은 멈칫하며 반사적으로 그녀를 찾으려고 또 두리번거렸다.

[소녀는 오라버님 몸속에 있어요. 이제부터 그렇게 된 이유를 설명할 테니까 앉으세요.]

"너… 연이가 맞느냐?"

대무영으로서는 그렇게 물을 수밖에 없었다.

[네, 오라버님께 순결을 바친 소연이에요.]

"음."

순결이라는 말이 나오자 대무영은 할 말이 없어졌다.

소연의 설명을 듣는 동안 대무영은 너무 놀라고 어이가 없어서 앉아 있던 나무 그루터기에서 몇 번이나 벌떡벌떡 일어났다.

소연은 올 초에 대무영이 광명루에 찾아왔을 때 실제로 그곳에서 무슨 일이 벌어졌었는지 처음부터 차근차근 설명해 주었다.

적아가 준 춘약이 들어 있는 술을 마신 대무영이 제정신이 아닌 상태에서 소연과 정사를 벌였다는 것.

정사를 하는 과정에 소연의 체내에 미리 심어두었던 암수 한 쌍의 고독 중에서 암컷 고독이 대무영의 체내로 옮아갔다는 것.

그랬기 때문에 소연은 멀리 떨어진 곳에서도 대무영이 하는 모든 행동과 그가 있는 곳, 심지어 그가 무슨 생각을 하고 있는 것까지도 훤히 알 수 있었다는 것.

만약 두 사람 중에 한 사람이 죽으면 다른 사람도 따라서 죽는데, 석 달 전쯤에 소연은 깊은 혼수상태에 빠졌다가 깨어났다는 사실.

그런 얘기들을 듣고 난 대무영은 한참 동안이나 아무 말도 하지 못하고 일어나서 그 자리를 서성거리기만 했다.

처음에는 소연의 말을 도무지 믿지 못했다. 믿을 수가 없었다. 하지만 그동안 일어났던 일들을 생각해 보면 믿지 않을 수 없는 일이다.

아무리 술이 취해도 끄떡없는 그가 술이 취해서 소연을 강간했으며 그 과정이 하나도 기억나지 않는다는 것부터 줄곧 이상하게 여겼었다.

이후 마학사가 보내는 도전자들은 대무영이 곤란할 시기나 장소에서는 일체 나타나지 않았었다.

그러다가 대무영이 도전자들을 맞이해도 아무런 문제가 없을 만한 곳에서는 도전자들이 기다렸다는 듯이 줄지어서 몰려들었다.

그것은 마치 누군가 눈으로 뻔히 보면서 적절하게 완급을 조절하는 것 같았다.

그리고 가장 결정적인 사건은 주지화의 사형과 사저인 무일쌍절, 즉 무상절 사도헌과 일편절 나운정이 대무영과 주지화를 기다리고 있었다는 사실이다.

이후 마학사 역시 대무영이 있는 곳을 잘 알고 있는 것처럼 철심도 진명군이라는 도전자와 함께 찾아왔다.

이제 보니 그 모든 일들이 대무영의 체내에 심어져 있는 고독 때문이라는 것이다.

[석 달 보름쯤 전에 소녀는 식사를 하다가 갑자기 혼절했어요. 너무 갑작스런 일이라서 오라버님에게 무슨 일이 생겼을 것이라는 생각조차 할 수 없는 상황이었어요.]

어디에 있는지도 모르는 소연이 흐느껴 울고 있다는 것을 대무영을 알 수 있었다.

[이후 보름 후에 깨어나니까 노산현의 집이었고 그제야 오라버님께 큰 변고가 있었다는 사실을 짐작했어요. 하지만 소

녀가 깨어났으니 오라버님도 다시 건강해졌다는 사실을 알고 너무 기뻤어요.]

소연은 혼절한 자신을 적아가 노산현의 집으로 보냈다는 것과 자신과 대무영은 목숨이 연결되어 있기 때문에 대무영을 보호하기 위해서 자신이 집에서 멀리 떨어진 절로 비구니가 되어 숨었다는 사실도 말해주었다.

"비구니가… 연이 네가…….."

대무영은 쇠망치로 뒤통수를 얻어맞은 것 같은 거센 충격을 받았다.

[용서하세요, 오라버님. 소녀 때문에…….]

"무엇을 용서하라는 것이냐?"

[소녀 때문에 고독이 오라버님 몸속에 들어갔고 일이 이 지경까지 되어서…….]

"아니다. 넌 잘못한 게 없다."

대무영은 단호하게 잘랐다. 소연은 이용을 당했을 뿐이지 실제 아무런 잘못이 없기 때문이다.

아니, 그녀도 대무영처럼 피해자다. 그러므로 죽일 놈은 바로 마학사다.

잠시 침묵이 흐른 후에 이윽고 대무영은 궁금하게 여기던 것을 물었다.

"연아, 마학사가 어디에 있는지 아느냐?"

[그건 몰라요.]

"그러냐?"

예상했었으나 막상 소연이 마학사의 소재를 모른다는 사실을 확인하자 실망을 금치 못했다.

[하지만 마학사의 딸이 어디에 있는지는 알아요.]

"마학사의 딸?"

마학사에게 딸이 있다는 사실은 금시초문이라 대무영은 움찔 놀라면서도 한 가닥 기대를 걸었다.

"딸이 누구며 어디에 있느냐?"

[오라버님도 아는 사람이에요.]

"내가 마학사의 딸을 안다고?"

[네, 광명루주라고 속였던 적아 아시죠? 그녀가 마학사의 친딸이에요.]

"적아가?"

대무영은 어이없는 표정을 지었다. 아까 광명루에서 적아를 만나려고 그렇게 애를 썼는데 그녀가 마학사의 친딸일 줄이야 상상도 하지 못했었다.

"어디에 있느냐?"

[마학사는 보천기집이라는 세력을 거느리고 있는데 그곳의 최고우두머리인 총루주가 적아에요.]

"음… 그렇구나."

[보천기집은 이백여 개의 기루가 모여 있는 조직이에요. 듣기로는 낙양 낙수천화에도 열 개의 기루가 있대요. 마학사와 적아 두 사람의 대화 중에 낙수천화의 해란화 때문에 타격을 받고 있다고 하던데 무슨 내용인지는 잘 모르겠어요. 다만 해란화가 오라버님하고 관계가 있을 것이라고만 짐작하고 있었어요.]

또 하나의 실마리가 풀렸다. 그날 형산에서 마학사가 낙수천화의 해란화를 없애겠다고 으름장을 놓은 이유가 바로 그것 때문이었다.

[보천기집의 총기루인 명야루는 항주에 있다는데 아마 적아는 그곳에 있을 거예요.]

"알았다. 중요한 걸 알려줘서 고맙구나."

이후로도 소연은 대무영이 모르고 있던 크고 작은 여러 가지 사실을 가르쳐 주었다.

그리고 마지막에 머뭇거리며 조심스럽게 말했다.

[오라버님.]

"그래."

[소녀는… 아니… 아무것도 아니에요.]

소연은 급히 얼버무렸으나 대무영은 그녀가 무슨 말을 하고 싶었는지 알 수 있을 것 같았다.

"연아, 네가 있는 곳을 가르쳐다오."

그러나 그때부터 소연의 말은 더 이상 들려오지 않았다. 중요한 내용을 다 말한 그녀가 일방적으로 연결을 끊어버린 것이다.

"연아!"

불길함을 느끼고 대무영이 급히 소리쳤으나 밤의 정적을 깨뜨린 고함 소리에 놀란 밤새들이 여기저기 나무에서 푸드득 날아오를 뿐이다.

# 第五十章
## 돌아온 낙수천화

하남성에서 발원하여 동쪽으로 흘러 회하(淮河)로 흘러드는 수백 개의 강 중에 하나인 사하(沙河) 상류에 위치해 있는 매우 큰 현 노산현.

번화가를 벗어난 사하 강변에는 그리 크지 않은 아담한 집 수백 채가 몇 개의 띠를 이루어 길게 늘어서 있다.

캄캄한 대로에서 골목으로 민첩하게 들어서는 크고 검은 하나의 인영.

그는 주위를 유심히 둘러보면서 골목 안으로 깊숙이 걸어 들어가는데 발소리가 전혀 나지 않았다.

이윽고 그는 어느 집 앞에 멈추었다. 다른 집들하고 별반 다르지 않은데, 대문 옆에 한 그루의 제법 큰 무화과나무가 서 있었다.

소연이 대화를 일방적으로 끊기 전에 가르쳐 준 대로라면 여기가 그녀의 집이 분명하다.

물론 그녀는 이곳에 없지만 모친과 여동생 두 사람이 살고 있다고 했다.

획!

날카롭게 주위를 살피고 난 검은 인영 대무영은 훌쩍 신형을 날려 가볍게 담을 넘었다.

소연의 모친은 둘째 딸 소선과 한 침상에서 나란히 잠들어 있었다.

적아가 사준 이 집에는 방이 여러 개 있지만 모친과 소선은 늘 함께 잔다.

소연이 있을 때는 언제나 한 침상에서 세 모녀가 함께 서로 꼭 안고 잤었다.

도둑이나 침입자가 있을지 몰라서 바깥에서부터 안쪽까지 몇 개의 문을 꼭꼭 잠갔으나 대무영에게는 아무런 장애가 되지 못했다.

그는 귀신처럼 잠입하여 침상 옆에 장승처럼 우뚝 서서 물끄러미 모친과 소선을 굽어보았다.

깡마르고 병색이 완연한 모습의 모친과 소연을 닮은 그녀보다 훨씬 자그마한 어린 소녀 소선을 처음 보지만 전혀 낯설게 여겨지지 않았다.

그는 자신이 어째서 소연과 정사를 벌였는지에 대해서 그녀에게 자세히 들었기 때문에 오랫동안 가슴을 짓누르던 무거운 바윗덩이를 내려놓은 것 같은 기분이다.

하지만 그렇다고 해서 자신이 소연의 순결을 취한 것에 대해서 자유로워졌다고 생각하는 것은 아니다.

그것이 비록 마학사의 술수였다고 하더라도 그가 십오 세 어린 소녀 소연의 순결을 짓밟아서 몸과 마음의 상처를 입힌 것은 돌이킬 수 없는 사실이다.

아마 대부분의 사내들이라면 이런 경우에는 자신을 속박하던 족쇄에서 풀렸다고 기뻐하며 줄행랑을 치겠지만 대무영은 그들과 다르다.

그는 타인의 아픔을 깊이 배려할 줄 아는 따스함을 지니고 있다. 물론 그에게 선의를 지니고 있는 착한 사람들에 한해서만이다.

그가 소연에게 집이 어디냐고 물었을 때 그녀는 흐느껴 울면서 서슴없이 가르쳐 주었다.

대무영이 가족에게 해코지를 하지 않을 사람이며, 오히려 그녀들을 찾아가서 위로해 줄 사람이라는 것을 굳게 믿었기 때문이다.

그는 언제까지 모녀가 잠자는 것을 지켜볼 수만은 없기에 최대한 작은 목소리를 내서 그녀들을 깨웠다.

"실례하겠습니다."

자는 사람을 깨우는 말치고는 조금 어울리지 않았으나 그 나름 골라서 하는 말이다.

평소 밖에서 바람 소리만 조금 크게 들려도 놀라서 잠에서 화닥닥 깨는 모녀는 난데없이 들려온 목소리에 번쩍 눈을 떴다.

모녀는 침상 옆에 우뚝 서 있는 거대한 체구의 괴물을 발견하고는 안색이 창백해지며 눈이 화등잔처럼 커졌다. 너무 놀라서 비명조차 나오지 않았다.

방금 막 깨어난 비몽사몽의 모녀의 눈에는 대무영이 더도 덜도 아닌 딱 괴물처럼 보였다.

대무영은 모녀가 깨어나서 자신을 발견하고 놀랄 것이라고 예상했기 때문에 얼른 자세를 낮추고 가까이 다가가며 최대한 온화한 표정을 지었다.

그러자 모녀는 기겁했다. 그녀들은 대무영의 행동이 자신들을 해치려는 것으로 오해했다.

또한 그가 아무리 온화한 표정을 짓는다고 해도 캄캄한 실내에서 보일 리 만무다.

그 순간 그는 사색으로 변한 모녀가 비명을 지르려 한다는 사실을 간파하고 재빨리 그녀들의 뒤쪽으로 가서 양팔로 안으면서 입을 틀어막았다.

"읍……."

모녀는 커다란 체구의 대무영 양팔에 안겨서 불쌍한 물고기처럼 파닥거렸다.

대무영은 최대한 정중한 목소리로 해명을 했다.

"놀라게 해서 미안합니다. 저는 연아… 소연과 잘 아는 사람입니다. 안심하십시오."

모녀는 대무영을 등진 채 붙잡힌 자세이기 때문에 그의 얼굴을 보지 못하고 목소리만 듣고는 그의 말이 조금도 믿기지 않았다.

"저는… 그러니까……."

대무영은 자신과 소연의 관계를 어떻게 설명해야 좋을지 난감했다.

소연과 정사한 사이라고 무턱대고 말할 수도 없고, 그렇다고 손을 놓자니 비명을 지를 것이 분명하니 이러지도 저러지도 못했다.

그래서 결국 어쩔 수 없이 가장 단순하면서도 솔직한 방법을 택했다.

돌아온 낙수천화

"저는 소연하고 하룻밤을 잤던 사람입니다."

그 말이 끝나자마자 그는 품 안의 모녀가 화드득 놀라면서 몸이 굳는 것을 느꼈다. 그래서 그녀들이 자신을 알고 있다는 사실을 깨달았다.

이제는 그녀들의 막은 입을 놓고 반응을 기다리는 수밖에 도리가 없다.

만약 비명을 지르고 난리를 친다면 이대로 여길 떠나야겠다고 생각했다.

슥…….

그가 두 팔에 힘을 풀자 그녀들은 비단 비명을 지르지 않았을 뿐만 아니라 천천히 몸을 돌려 대무영을 바라보는데 얼굴에 경악지색이 가득했다.

그러나 모녀의 얼굴에는 두려움이 없었다. 대신 터지기 직전의 반가움과 숨 막히는 기대감이 일렁거렸다.

모친은 섣부른 짐작으로 이미 눈물을 흘리고 있으며, 작고 어린 소녀 소선이 눈을 깜빡이며 망설이다가 조심스럽게 물었다.

"존함이… 무엇인가요?"

대무영은 여전히 모녀를 양팔로 느슨하게 안은 자세로 짧게 대답했다.

"대무영."

그를 바라보는 모녀의 눈이 동그랗게 커졌다. 그리고는 더 이상 아무런 말이 필요하지 않았다. 모녀는 온몸의 힘이 빠져버린 듯 똑같이 그의 품으로 쓰러지면서 아주 낮게 오열하기 시작했다.

대무영은 이들 모녀가 자신과 소연의 일을 이미 다 알고 있음을 깨달았다.

그래서 그도 아무 말 하지 않았다. 자신의 품속으로 더욱 깊이 파고들면서 오열하는 모녀를 부드럽게 힘주어 꼭 안아주기만 했다. 모녀의 울음은 오랫동안 계속됐다.

\*      \*      \*

어스름 땅거미가 지는 낙양 남문 밖 하남포구에 방금 도착한 도선(渡船)에서 한 무리의 사람들이 우르르 내렸다.

수십 명 사이에 별로 눈에 띄지 않는 한 사람이 있다.

매우 남루해서 원래 무슨 색이었는지도 모를 만큼 평범한 옷을 입었으며, 수염을 덥수룩하게 기르고 더벅머리가 흘러내려 눈을 다 가린 모습이다.

특징이 있다면 체구가 매우 크고 오른쪽 어깨에 한 자루 검을 메고 있다는 점이다.

노산현 소연의 집을 떠난 지 보름 만에 이곳에 도착한 대무영이다.

 형산 남쪽 기슭 동백촌을 출발하여 약 사십여 일 만에 그는 마침내 마음의 고향이라고 할 수 있는 낙양 하남포구에 발을 디뎠다.

 곧바로 달려오면 보름이면 너끈하게 올 수 있는 거리지만 서둘지 않았다.

 해란화가 위기 상황에 처했다면 만사 제쳐두고 달려왔겠지만, 해란화는 이미 서너 달 전에 변고를 당했을 터이니 이제 와서 서둘러 봐야 망우보뢰(亡牛補牢) 소 잃고 외양간 고치는 격이다.

 대무영이 이곳에서 할 일은 해란화와 가족들이 어떻게 됐는지 확인하는 것이다.

 그들이 어떻게 되었을까 별별 상상이 다 들었으나 직접 눈으로 확인하기 전에는 다 소용없는 짓이다.

 그가 이곳까지 오는데 사십여 일이나 걸린 이유는 매일 하루의 절반 이상을 산속이나 강가에서 십단금을 수련했기 때문이다.

 한시바삐 이곳에 와서 피해상황을 확인하는 것보다는 자신의 실력이 조금이라도 더 증진되고, 또 환약을 복용하여 천년하수오의 효능을 일깨우는 것이 더 중요하다고 판단한 것이다.

그는 사람들에 섞여서 천천히 거리 쪽으로 걸어가면서 눈은 왼쪽으로 향했다.

그곳은 삼거리다. 곧게 뻗은 관도는 낙양 남문으로 향하고, 오른쪽은 낙수의 하류 언사현으로, 그리고 왼쪽은 상류 낙수 천화로 가는 길이다.

그가 왼쪽 길로 접어들어 걸어가는데 오가는 행인이 어깨가 부딪칠 정도로 많았다.

길을 걷는 대무영의 시선이 강 쪽 왼편으로 향했다. 십여 장만 더 가면 예전에 가족들과 처음 함께 살았던 주루 무란청이 있기 때문이다.

쿵!

"어? 뭐야?"

그때 그는 마주오던 누군가와 조금 세게 부딪쳤고, 상대 쪽에서 언짢은 소리가 튀어나왔다.

대무영이 무란청 쪽을 쳐다보느라 한눈을 팔다가 마주 오는 사람하고 부딪쳤지만 상대도 그다지 조심하지는 않은 것 같았다.

대무영이 쳐다보자 바로 앞에 두 사내가 버티고 서서 기분 나쁘다는 표정을 지으며 쏘아보고 있다. 여차하면 주먹이라도 날아올 기세다.

"잘 보고 다녀야 되잖아, 엉?"

앞쪽 왼쪽의 사내는 대무영보다 머리 반 개 정도 작은 보통의 체구인데 우락부락 험상궂은 용모에 어깨에는 도 한 자루를 메고 있다. 그가 대무영하고 부딪친 듯했다.

"미안하오."

예전 같았으면 이런 식으로 시비를 거는 자에겐 주먹이나 발길질이 먼저 튀어나갔을 테지만, 대무영은 가볍게 고개를 숙이며 사과했다. 이곳에서는 될 수 있는 한 말썽을 일으키고 싶지 않았다.

두 사내는 똑같이 도를 메고 있는 것으로 봐서 무사인 듯했으나 대단할 것 같진 않았다.

왼쪽의 사내는 키와 체구가 큰 대무영을 아니꼽다는 듯 훑어보며 시비를 걸었다.

"너 뭐하는 놈이냐?"

"행인이오."

사내의 시선이 대무영 어깨의 동이검으로 향했다. 동이검 검파에는 쌍룡과 네 개의 보석이 박혀 있어서 한눈에도 평범한 검으로는 보이지 않았다. 사실 이들은 얼뜨기처럼 보이는 대무영이 메고 있는 동이검을 노리고 처음부터 일부러 부딪쳤던 것이다.

그들은 동이검이 자신들의 것이 되리라는 사실을 믿어 의심하지 않았다.

"너도 무사냐?"

동이검은 단목검객 대무영의 무기로는 알려지지 않아서 그냥 메고 다니기로 마음먹었는데 엄한 곳에서 시빗거리가 되고 말았다.

"그렇소."

검을 메고 다니면서도 무사가 아니라고 하면 더 시비를 걸 것 같아서 대충 대답했다.

"네가 조금 전에 무지막지하게 부딪치는 바람에 여기 가슴이 어떻게 된 것 같은데… 어구구……."

"방형, 괜찮은가?"

왼쪽 사내는 갑자기 가슴을 어루만지면서 죽는 시늉을 하고 옆의 친구가 변죽을 울렸다.

하고 있는 꼬락서니가 영락없이 대무영에게서 뭘 좀 뜯어내려는 것 같은 수작이었다.

"이봐, 치료비로 은자 백 냥 정도는 줘야겠어. 이 친구 크게 다친 것 같은데?"

방형은 죽어가는 시늉을 하고 옆의 친구가 동이검을 힐끗거리며 본론을 꺼냈다.

그저 오가다가 슬쩍 부딪쳤을 뿐인데 은자 백 냥을 내놓으라니 날강도 같은 놈들이다.

대무영을 형편없는 놈으로 얕잡아본 것이 분명하다. 옷차림이 남루하니까 그럴 수도 있다.

"돈 없으면 그 검이라도 풀어라."

사내들의 뻔히 보이는 날강도 짓에 비위가 뒤틀렸으나 대무영은 꾹꾹 눌러 참았다.

"사과했으니 그만 봐주시오."

턱!

"이 자식이 좋게 말로 해선 안 되겠군?"

방형 친구가 와락 인상을 쓰더니 대뜸 대무영의 멱살을 거머잡았다.

거기까지가 대무영의 견딜 수 있는 인내의 한계다. 더구나 이 자들에게 동이검을 뺏길 수는 없으므로 이제는 손을 써야만 하는 상황이다.

"조용한 곳으로 갑시다."

그는 멱살을 잡은 사내의 손을 가볍게 툭 뿌리치고는 대로 옆의 어느 골목으로 성큼성큼 걸어갔다.

두 사내는 이게 웬 떡이냐 하는 표정으로 놓칠세라 쭐레쭐레 따라왔다.

자신이 힘껏 움켜잡은 멱살을 대무영이 너무도 가볍게 뿌리쳤다는 사실 따윈 생각하지도 않았다.

어두컴컴한 골목 안으로 깊숙이 들어간 대무영은 인적이 없음을 확인하고는 걸음을 멈추고 뒤돌아섰다.

두 사내는 대무영이 무릎을 꿇고 싹싹 빌거나 동이검을 풀어서 바칠 것이라 예상하고 희희낙락했다.

"킬킬킬… 이놈아. 우린 바쁜 몸이니까 어서 그 검이나 풀어서… 캑!"

방금 전까지만 해도 가슴이 아파서 죽는다고 신음을 흘렸던 방형이 득의하게 웃으면서 한 걸음 앞으로 다가서며 손을 내밀다가 답답한 신음을 터뜨렸다.

대무영의 커다란 오른손이 어느새 그의 목을 움켜잡아 버린 것이다.

"이 자식이?"

방형 친구는 놀라거나 도망치는 대신 겁도 없이 곧장 대무영에게 거세게 오른 주먹을 휘둘렀다. 살신이 눈앞에 있는데도 알아보지 못한 것이다.

턱!

"억!"

대무영은 왼손을 슬쩍 뻗어 휘둘러오는 사내의 주먹을 가볍게 잡아버렸다.

"어럽쇼? 이놈이 죽으려고……."

주먹을 잡힌 사내는 이번에는 왼주먹으로 대무영의 얼굴을 향해 휘둘렀다.

으적…….

그렇지만 그 주먹은 끝까지 휘둘러지지 못했다. 대무영이 왼손에 슬쩍 힘을 주자 그자의 오른손 주먹이 으스러지면서 손목이 뚝 잘라진 것이다.

"으어어……."

그자는 끊어진 오른손 손목에서 분수처럼 뿜어지는 피를 보면서 사색이 되어 비틀비틀 뒷걸음쳤다.

빽!

그자가 처절한 비명을 지르기 직전에 대무영이 왼손에 쥐고 있던 으스러진 주먹을 던지자 거기에 정통으로 맞은 그자의 얼굴이 잘 익은 수박처럼 터져 버렸다.

목이 잡혀서 겨우 숨만 쉬고 있는 방형은 머리를 잃은 친구가 비틀거리면서 몇 걸음 걷다가 풀썩 쓰러지는 것을 보고는 혼비백산해서 자신의 고통마저도 망각했다.

"앞으로는 아무 죄 없는 사람을 괴롭히지 마라."

대무영이 나직하게 말하자 방형은 부릅뜬 눈으로 얼른 그를 쳐다보았다.

"알았느냐?"

말을 할 수 없는 방형은 고개를 끄떡이려고 애쓰면서 미친 듯이 눈을 깜빡거렸다.

"저승에 가거든 말이다."

콰직!

대무영은 중얼거리면서 오른손에 약간 힘을 주어 방형의 목을 끊어버렸다.

그가 골목 밖을 향해 걸어갈 때 방형의 잘라진 머리통이 땅에 떨어졌으며 잠시 후에 몸통이 둔탁하게 쓰러졌다.

대무영은 두 사내에게 분명히 경고를 했었고 살 수 있는 길을 열어주었었다. 하지만 그들은 살길을 마다하고 스스로 죽음을 선택했다.

그들은 사람을 잘못 보고 건드렸기 때문이 아니라 남을 괴롭혔기 때문에 죽은 것이다.

죄 없는 사람을 괴롭히는 자는 죽어야 마땅하다, 라고 대무영은 생각했다.

내가 법이다.

문득 예전에 그가 기고만장해서 강호를 활보할 때 스스로 했던 말이 생각났다.

무란청은 여전히 주루로 영업하고 있었다.

하지만 무란청이라는 이름 대신 다른 현판이 걸렸으며 주인도 전혀 모르는 사람이었다.

대무영은 주루의 주렴을 들추고 안으로 한 걸음 들어섰다가 그 사실을 확인하고 다시 밖으로 나왔다.

무란청이 그대로 있을 리 없다는 사실을 알고 있으면서도 눈으로 직접 확인해 보고 싶었다.

대무영과 아란, 청향의 이름 한 자씩을 따서 지은 이름 무란청에 그녀들이 없을 것이라는 사실을 알면서도 막상 확인을 하자 걷잡을 수 없는 허탈함이 밀려들었다.

그녀들이, 그리고 용구와 북설을 비롯한 무영단원들이 죽었는지 살았는지, 살았다면 몇 명이나 살았으며 어디에서 무엇을 하고 있는지 궁금하기 짝이 없다.

그러나 그들이 살아 있을 것이라는 기대는 희박하다. 마학사가 어떤 자인가. 백무일실(百無一失). 매사 완벽하기 짝이 없는 인간이 해란화를 허투루 처리했을 리가 없다.

술시(밤 8시경).

밤이 됐으나 낙수천화의 모든 기루가 불을 환하게 밝히고 일제히 등을 거리에 내다 걸어서 땅거미가 질 때보다 더 환해졌다.

낮 동안 깊이 잠들어 있던 낙수천화는 어둠과 함께 기지개를 켜며 깨어나 거리 전체를 활기에 넘치게 만들었다.

대무영은 천천히 걸어서 낙수천화 입구에서 끝까지 두 번 왕복하며 주변을 자세히 살펴보았다.

동이검을 메고는 있지만 허름하고 남루하기 짝이 없는 그를 호객하는 기녀는 한 명도 없었다. 그리고 그를 알아보는 사람도 없었다.

대무영은 예전에 낙수천화에 대해서 관심이 전혀 없었기 때문에 무엇이 어떻게 변했는지 알지 못한다.

다만 그는 해란화가 있던 자리의 변화를 유심히 살폈다. 그곳의 현판에는 해란화라는 이름 대신 청풍루(淸風樓)라는 이름이 금박으로 날아갈 듯 적혀 있었다.

마학사가 해란화를 짓밟고 탈취했다면 청풍루가 마학사 소유의 기루, 즉 보천기집 휘하에 들어갔을 것이다.

마음 같아서는 당장에라도 청풍루에 들이닥쳐서 쑥밭을 만들어 버리고 싶지만, 그래봐야 해란화의 가족들을 돌려받을 수는 없는 노릇이다.

또한 그랬다가는 괜히 타초경사(打草驚蛇) 풀을 건들려서 뱀을 놀라게 만드는 꼴이 돼버린다.

낙수천화에 온 목적은 오로지 가족들의 안위를 알아내는 것이고 그들의 생사와 행방을 찾는 것이니 그것에 충실해야만 한다.

청풍루 입구에서 칠팔 장쯤 떨어진 맞은편에 서 있는 대무영은 혹시 아는 얼굴이 눈에 띄지 않나 해서 예리하게 청풍루를 살펴보았다.

그러나 반 시진 동안이나 살폈으나 조금이라도 낯익은 얼굴을 한 명도 발견하지 못했다.

'안 되겠군.'

결국 그는 청풍루에 직접 들어가기로 마음먹었다. 불입호혈부득호자(不入虎穴不得虎子). 자고로 호랑이 굴에 들어가지 않고서는 호랑이 새끼를 잡을 수 없는 법이다.

이윽고 대무영은 길을 건너 청풍루 옆 골목으로 들어가 뒤쪽으로 향했다.

청풍루 루주를 제압해서 해란화에 대해서 알아낸 후에 죽여서 아무도 모르는 곳에 묻어버릴 생각이다.

청풍루주라면 많은 것을 알고 있지는 않겠지만 최소한 해란화가 어떻게 되었는지는 알고 있을 터이다.

그렇게 하면 마학사가 청풍루주의 죽음을 이상하게 생각하겠지만 그것이 대무영의 소행이라고 의심하지는 않을 것이다. 증거를 남기지 않을 테니까 말이다.

청풍루의 뒤쪽은 꽤 큰 규모의 선착장이다. 그곳에서 여러 척의 크고 작은 유람선이 연이어서 출발하고 돌아오며, 유람선에 술과 요리를 나르기 위해서 작은 배들이 바삐 들락거리고 있었다.

거리에서는 대무영을 주의 깊게 보는 사람들이 없지만, 이곳에서는 필경 이상한 눈으로 볼 것이다. 그러므로 눈에 띄지 않게 잠입해야 한다.

그는 한 무리의 하인과 하녀가 물건을 잔뜩 들고 선착장으로 몰려간 직후의 짧은 공백을 이용하여 미끄러지듯이 청풍루 전각으로 쏘아갔다.

콰창!

"와!"

그런데 그때 그의 머리 위쪽에서 무언가 부서지는 소리와 비명 소리가 동시에 터졌다.

쏘아가던 동작을 뚝 멈추고 급히 고개를 들자 오 층 높이에서 창이 박살 나며 양손에 쌍검을 쥔 한 사람이 밖으로 거세게 퉁겨졌다가 추락하고 있는 것이 보였다.

그런데 공교롭게도 그 사람이 추락하고 있는 아래쪽에 대무영이 있었다.

그 사람은 허공에서 중심을 잃고 빙글빙글 회전하고 있는데 얼굴이 아래쪽을 향하는 순간 대무영은 움찔 놀랐다.

'북설!'

얼굴 반쪽이 짓이겨져서 피를 흘리면서 고통스러운 표정을 짓고 있는 사람은 분명히 북설이었다.

전각 일 층에서 나오던 사람들과 선착장의 배로 가던 사람들이 놀라서 동작을 멈추고 북설을 쳐다보았다.

휙!

순간 대무영은 번쩍 신형을 날려 허공중에서 북설을 받아 안고는 즉시 방향을 바꿔서 옆으로 비스듬히 날아가 골목에

돌아온 낙수천화 161

가볍게 내려섰다.

이어서 재빨리 주위를 살피다가 옆의 기루로 뛰어들어 으슥한 전각 뒤쪽으로 스며들었다.

그가 숨을 죽이고 가만히 있을 때 청풍루 뒤쪽과 골목 쪽에서 우렁찬 외침과 요란한 파공성, 그리고 발소리가 어지럽게 터졌다.

"이 근처를 샅샅이 뒤져라! 그 계집을 구해간 놈도 찾아내야 한다!"

대무영은 이곳도 위험하다는 생각이 들어서 북설을 안고 전각 반대편을 돌아 강가로 내려가 크고 작은 바위들이 난립한 곳 속으로 깊숙이 숨어들었다.

그는 그곳에 책상다리로 앉아 한쪽 어깨에 북설의 머리를 기대게 하고 잠시 그녀를 살펴보았다.

뭔가로 호되게 맞았는지 그녀의 얼굴 반쪽이 만두처럼 퉁퉁 부었으며 한쪽 눈이 아예 감겼고, 코와 입에서 계속 피가 흐르고 있었다.

혼절을 한 듯 그의 품에 축 늘어져 있는 그녀는 이상하게도 화사한 옷차림에 긴 치마까지 입고 있었다. 그것은 영락없는 기녀의 모습이었다.

"음……"

그때 북설이 미약한 신음을 흘리며 깨어나다가 자신이 누군가에게 안겨 있다는 사실을 깨닫고는 그 즉시 손에 쥐고 있는 검을 대무영에게 휘둘렀다.

"이 자식!"

척!

대무영은 가볍게 그녀의 팔을 잡고는 잔잔한 표정으로 그녀를 굽어보았다.

"설아, 나다."

"……"

북설은 하나뿐인 눈을 껌뻑거리며 대무영의 얼굴을 뚫어지게 주시했다.

목소리는 귀에 익었는데 얼굴은 전혀 낯설기 때문에 매우 복잡한 표정을 짓다가 무엇인가를 깨달았는지 갑자기 움찔 몸을 떨었다.

"조… 조장이야?"

"그래."

대무영의 머리카락에 가려진 눈과 덥수룩한 수염 속의 입이 빙그레 미소를 지었다.

북설은 눈을 껌뻑이는데 잠깐 사이에 눈물이 그득하게 고여 들었다.

"이… 이런 빌어먹을……"

그녀는 쌍검을 힘없이 내려놓고는 몸을 와들와들 격렬하

게 떨었다.

"죽었다는 소문이 파다했는데… 살아 있었구나, 조장……."

그녀는 두 팔로 대무영의 등을 꼭 끌어안고는 가슴에 얼굴을 묻고 소리를 죽여 나직이 흐느꼈다.

"조장이 얼마나 명줄이 긴데… 죽었을 리가 없어……. 살아 있을 줄 알았다니까… 젠장……."

묵묵히 그녀의 등을 쓰다듬는 대무영은 목구멍에서 뜨거운 것이 솟구치는 것을 느꼈다.

북설을 안은 상태에서 등을 쓰다듬던 대무영은 그녀가 예전에 비해서 몹시 말랐다는 사실을 깨달았다.

묻지 않아도 왜 그런지 짐작할 수 있을 듯했다. 대무영의 실종과 해란화의 일 때문에 가슴앓이를 해서 야윈 것이 틀림없었다.

"어디 보자… 조장 맞는 거야?"

북설은 두 손으로 대무영의 늘어뜨린 머리카락을 쓸어 올리며 얼굴을 가까이 가져갔다.

"맞구나… 조장이 맞아… 이게 꿈은 아니지? 응?"

그녀는 또다시 대무영의 목을 끌어안고 흐느껴 울었다. 인정이라고는 없는 그녀가 이러는 것을 보면 그동안의 고생이 얼마나 막심했으며, 대무영을 다시 만난 것이 얼마나 기쁜지 짐작할 수 있다.

하지만 대무영은 밀린 회포를 푸는 것은 다음으로 미루고 싶었다.

지금은 북설이 어째서 청풍루 오 층 창을 뚫고 추락한 것인지 이유가 궁금했다.

"설아, 청풍루에는 무슨 일로 간 것이냐?"

그는 북설을 떼어내며 물었다.

"그렇지!"

북설은 쌍검을 집어 들고 벌떡 일어섰다.

"조장, 어서 가자. 그들이 청풍루에 잡혀 있어."

"그들이 누구냐?"

대무영은 북설과 함께 강둑 위로 달려갔다.

"부단주하고 용구, 이반이야."

"그들이… 살아 있느냐?"

"조금 전까지는 살아 있었는데 지금쯤 죽었을지도 모르겠어. 그들의 살아 있는 모습을 보려면 서둘러."

더 길게 얘기할 겨를 없이 두 사람은 이미 청풍루 뒤쪽에 도착했다.

# 第五十一章
아란과 청향

청풍루는 옛 해란화를 그대로 물려받았기 때문에 북설은 내부에 대해서 훤했다.
"저길 거야."
북설이 오십여 채의 전각 사이를 요리조리 앞장서 쏘아가다가 멈춰서 한곳을 가리켰다.
"창고인데 누굴 감금하거나 고문하기 적당한 장소지."
대무영이 만들었던 무영단은 해란화를 지키는 호위무사 조직이었다.
그들 중에 용구와 부단주 유조, 이반이 살아서 저 창고에

갇혀 있다는 것이다.

대무영은 이유는 나중에 듣기로 하고 곧장 창고를 향해 쏘아갔다.

창고 밖은 지키는 자가 없었으며 안에서 누군가를 심하게 매질하는 소리가 밖에까지 새어 나왔다.

붙잡혀 있는 게 용구와 유조, 이반이라면 그들이 두들겨 맞고 있는 것이 분명했다.

마음이 급해진 대무영이 창고의 육중한 나무 문을 슬쩍 밀었으나 안에서 잠겼는지 꿈쩍도 하지 않았다.

북설은 양손에 쌍검을 움켜쥔 채 턱짓으로 부수라는 시늉을 해보였다.

대무영이 문에 손을 대고 앞으로 밀자 문 안쪽에서 묵직한 소리가 났다.

우직……

안쪽에서 가로지른 굵은 빗장이 부러지는 소리다.

대무영이 창고 안으로 거침없이 들어서자 북설은 재빨리 문을 닫았다.

재빨리 창고 안을 살피던 대무영의 눈이 부릅떠지면서 불꽃이 확 뿜어졌다.

실내는 더 둘러볼 것도 없이 들어서자마자 확 눈에 들어오는 광경이 있었다.

한쪽에 잔뜩 쌓아놓은 자루 더미를 등지고 알몸의 세 사람이 두 팔을 머리 위로 쭉 뻗은 채 늘어지듯이 묶여 있으며, 그 앞에서 건장한 체구의 웃통을 벗은 한 명의 사내가 큼직한 몽둥이를 쥐고 서 있었다.

 그리고 그 뒤쪽에는 세 명의 경장 사내가 팔짱을 낀 채 나란히 서 있었지만 대무영의 눈에는 벌거벗은 채 묶여 있는 세 사람밖에 보이지 않았다.

 알몸의 세 사람은 왼쪽에서부터 용구와 유조, 이반이 분명했다. 원래 부상을 당한데다 몽둥이찜질을 당하고 있는 터라 온몸이 멍들고 피투성이였다.

 그 광경을 보는 순간 대무영은 눈이 홱 돌아가고 온몸의 피가 머리로 다 몰렸다.

 때마침 몽둥이를 쥐고 있는 사내가 키득거리면서 몽둥이 끝으로 벌거벗은 유조의 사타구니 깊은 곳을 쿡쿡 찌르면서 희롱을 하고 있다가 문의 빗장을 부수고 들어서는 대무영과 북설을 힐끗 쳐다보며 대수롭지 않은 표정을 지었다.

 "뭐냐?"

 한낱 똥개도 제 집 앞에서는 점수를 먹고 들어간다는데, 사내는 이곳이 자기들 안방이라고 터줏대감 행세를 하고 있는 것이다.

 저벅저벅······.

대무영은 대꾸하지 않고 곧장 걸어 들어갔다.

몽둥이를 쥔 사내 뒤쪽에 우두머리로 보이는 자가 대무영 뒤에서 따르고 있는 북설을 발견하고는 팔짱을 풀면서 느긋하게 웃었다.

"하하하! 아까 침입했던 년이 자길 구했던 동료를 데려온 모양이다. 잡아서 같이 매달아라."

차창!

우두머리를 제외한 세 명이 징그럽게 웃으면서 대무영에게 다가오며 어깨의 도검을 뽑고, 웃통을 벗은 자는 수중의 몽둥이를 허공에 붕붕 휘둘렀다.

남루한 행색의 대무영이나 얻어터지고 도망친 북설을 대수롭지 않게 여기는 듯했다.

눈빛을 이글거리며 분노한 표정을 짓고 있던 대무영은 다가서고 있는 세 명의 사내를 슬쩍 쳐다보더니 다짜고짜 왼주먹을 번개같이 세 번 짧게 끊어서 뻗었다.

슈슈슛!

뻑! 뻑! 뻑!

대무영과 세 사내의 거리는 일 장쯤 됐는데 그들은 걸어오다가 두 명은 머리가 빠개지고 한 명은 가슴이 뻥 뚫리면서 비명도 지르지 못한 채 뒤로 쏜살같이 날아갔다.

자신들이 무슨 수법에 죽음을 당하는지도 모른 채 졸지에

황천으로 떠났다.

백보신권의 허공을 격하여 외공기를 발출하는 대무영의 비장의 수법인 건너치기다.

동백촌 홍 노인 덕분에 현재 그는 원래 능력의 사 성 정도를 회복한 상태다. 그러므로 건너치기는 최대 일 장 반까지 전개할 수 있다.

"어… 네놈들……."

우두머리는 졸지에 벌어진 일이 아직 이해가 되지 않는 듯 눈을 껌뻑이며 어리둥절한 표정을 지었다. 그에게는 최악의 상황이 벌어졌는데도 너무 황당하고 놀라서 정신을 차리지 못했다.

"설아. 죽이지 말고 제압해라."

대무영은 우두머리를 거들떠보지도 않고 묶여 있는 세 사람에게 다가갔다.

북설은 아까 우두머리, 즉 청풍루 호위대 대주인 이자의 돌려차기 발길질에 얼굴을 강타당해서 창을 부수고 튕겨 나갔던 것이다.

조금 전에 그를 다시 보는 순간 복수심 때문에 눈에서 불길이 뿜어졌었는데 대무영이 제압하라고 하니까 즉시 쌍검을 휘두르며 그에게 덮쳐갔다.

사실 일대일로 싸우면 북설은 호위대주보다 약간 열세인

실력이다. 그러나 지금은 호위대주가 제정신이 아닌 상태고, 북설은 정수리까지 복수심이 솟구쳤으므로 눈에 보이는 것이 없다.

"어……."

호위대주는 자신에게 빠르게 다가오는 북설을 뒤늦게 발견하고 급히 어깨의 검을 잡았다.

그러나 그가 검을 뽑기도 전에 북설이 득달같이 달려들며 쌍검을 노를 젓듯이 휘저었다.

쉬익!

팍!

"흐악!"

단 일검에 호위대주의 허벅지 아래 두 다리가 뎅겅 잘라지자 그는 처절한 비명을 지르면서 바닥에 나뒹굴었다.

"아가리 닥쳐라, 응?"

콰직!

북설은 드러누운 자세로 버둥거리면서 비명을 지르는 호위대주의 입을 발로 밟고 지근지근 뭉개버리고는 아혈과 마혈을 제압해 버렸다.

대무영이 혼절한 용구의 묶인 줄을 풀어서 그를 조심스럽게 바닥에 눕힌 다음에 유조의 줄을 풀려고 손을 뻗을 때, 북설이 그 옆 이반의 줄을 풀려고 다가왔다.

"음……."

그때 잠깐 정신을 잃었던 유조가 나직한 신음을 흘리면서 눈을 떴다.

그러다가 줄을 풀기 위해서 앞으로 바짝 다가와 있는 대무영을 발견하더니 눈에서 새파란 살기가 뿜어졌다.

"죽어랏!"

퍽!

"윽!"

순간 그녀는 날카롭게 외치며 무릎으로 대무영의 사타구니를 힘껏 걷어찼다.

낭심을 걷어 채인 대무영은 순간적으로 주저앉지 않으려고 유조의 허리를 붙잡았다.

유조는 두 팔이 머리 위로 가지런히 뻗어 올려 묶였으나 어떻게 해서든 대무영을 공격하려고 온몸을 비틀면서 버둥거렸다.

그가 자신을 고문하고 있는 웃통 벗은 사내라고 오해를 한 것이다.

"조야."

"……."

그런데 그녀의 허리를 안은 대무영이 고개를 숙여 입술을 귀에 대고 나직이 속삭이자 그녀는 갑자기 멍한 표정이 되고 말았다.

　대무영은 한 팔로는 그녀의 허리를 안고 다른 손으로 피투성이 뺨을 부드럽게 어루만졌다.

　"고생이 많았구나."

　"아……."

　유조는 수염투성이에 더벅머리 낯선 사내의 부드러운 눈빛을 접하고 몸을 부르르 떨었다.

　그리고 꿈에서조차 잊을 수 없었던 그리운 목소리에 눈물이 왈칵 치밀어 올랐다.

　"무영가… 인가요?"

　"그래. 나다."

　"으흐흐흑!"

　유조가 울음을 터뜨리면서 얼굴을 가슴에 묻자 그는 손을 뻗어 묶인 줄을 마저 풀어주었다.

　"무영가……."

　유조는 줄이 풀리자 두 팔로 그의 등을 와락 끌어안고 품에 안겨 작게 몸부림치면서 더욱 격렬하게 흐느꼈다.

　대무영은 가녀리고 늘씬한 그녀를 꼭 안고 부드럽게 등을 쓰다듬었다.

　그의 가족이나 측근들은 하나같이 각별한 인연으로 이어졌지만 유조는 더욱 특별하다.

대무영이 새로 개업할 해란화의 호위무사로 쓰기 위해서 오룡방의 단목조원들을 낙양으로 부르자 유조가 대무영과 청운의 꿈을 펼쳐보고 싶다면서 무작정 따라왔을 때까지만 해도 둘은 아무런 사이가 아니었다.

그러나 이후 해란화 호위무사 조직인 무영단이 발족되고, 유조가 전격적으로 부단주로 임명된 후부터 둘 사이는 거리감이 많이 사라졌다.

그렇지만 결정적인 계기는 대무영이 호천장에서 마지막 도전자에게 급습을 당해 중상을 입었을 때였다.

그때 유조는 다 죽어가는 대무영을 업고 언제 들이닥칠지 모르는 마지막 도전자, 즉 소매곡의 소매십팔혼을 피해 호천장 내를 이리저리 숨어 다녔었다.

그리고 마지막 순간에는 목숨을 내놓다시피 하면서 대무영을 도와 소매십팔혼을 제압하는데 성공했었다.

이후 대무영은 유조를 가족으로 받아들였으며 두 사람은 더욱 질긴 인연으로 묶였었다.

서로를 깊이 포옹하고 있는 두 사람은 과거 호천장에서의 그 일이 머릿속을 주마등처럼 스쳐 지나가 더욱 감회가 새로웠다.

"흠, 흠."

그때 옆에서 북설이 나직하게 헛기침하는 소리에 두 사람은 그녀를 쳐다보았다.
　얼굴 반쪽이 퉁퉁 부은 북설은 턱으로 유조의 몸을 가리키며 입맛을 다셨다.
　"쩝… 조장. 부단주 옷이나 좀 입히고 나서 더듬어라."
　유조는 흠칫하며 대무영 품에서 떨어져서 자신의 몸을 내려다보다가 소스라치게 놀랐다.
　"앗!"
　실오라기 한 올 걸치지 않은 전라의 몸이라는 사실을 깨달은 것이다.
　청풍루 호위무사들과 싸우다가 부상을 입고 제압되어 이곳 창고에 끌려온 후에 벌거벗겨지고 매달렸을 때에는 지독한 수치심 때문에 이를 갈았다.
　그러나 몽둥이찜질을 당하면서 고문을 당하는 과정에 너무 고통스러워서 자신이 나신이라는 사실을 잊었으며, 짧은 혼절에서 깨어나 대무영을 만났을 때에는 하늘 꼭대기에 오를 듯한 기쁨 때문에 상처와 고문의 고통과 나신이라는 사실을 까맣게 망각했었다.
　그런데 뒤늦게 그 사실을 깨닫고는 부글부글 끓는 용암 속에 빠진 것 같은 충격을 받았다.
　그녀는 나신이지만 최초에 옆구리에 베인 상처와 두들겨 맞아 여기저기에 찢어진 상처들 때문에 온몸이 피투성이라서 맨살은 거의 보이지 않았다. 그런데도 대무영 앞이라 부끄러워서 어쩔 줄 몰랐다.

"아……."

그녀는 두 팔로 몸을 가리면서 뭔가 몸을 가릴만한 것을 찾으려고 두리번거리다가 상처 때문에 신음을 흘리며 비틀거렸다.

"조야."

대무영이 놀라서 급히 그녀를 안았다.

"무영가… 아아……."

"괜찮다. 내가 너를 안전한 곳으로 데려가마."

그때 북설이 한쪽 구석에 나뒹굴어 있던 옷 뭉치를 가져와서 그중에 유조의 것을 골라 대무영에게 주었다.

유조는 혼자서 옷을 입지 못할 정도로 심하게 다친 상태라서 대무영이 입혀주었다.

대무영은 옷을 입은 유조의 허리를 한 팔로 안고는 용구와 이반을 쳐다보았다.

두 사람은 피투성이가 되어 혼절한 채 아직 깨어나지 못하고 있었다.

그는 유조를 바닥에 앉히고 급히 용구와 이반의 상처를 살펴보았다.

두 사람은 심한 중상을 입지는 않았으나 몽둥이찜질을 당해서 혼절한 상태였다.

대무영은 미간을 좁혔다. 유조를 북설에게 맡긴다고 해도 대무영이 용구와 이반, 거기에 제압한 호위대주까지 세 명을 한꺼번에 데리고 이곳을 벗어나는 것은 무리다. 그는 생각에 잠겼다가 문득 북설을 쳐다보았다.

"설아, 여긴 무엇하러 왔느냐?"

대무영은 유조와 북설 등이 이곳에 온 이유가 궁금해졌다. 유조 등 네 사람은 대무영이 아니었으면 모두들 제압당해서 끝내는 죽음을 면하지 못했을 터이다.

그런데도 어째서 그런 위험을 감수하면서까지 청풍루에 쳐들어온 것인지 알고 싶었다.

북설이 창고의 벽 이곳에서는 보이지 않는 바깥쪽을 싸늘하게 쏘아보았다.

"란 언니하고 향 언니를 구하러 왔어."

대무영은 움찔했다.

"아란, 청향 두 누님 말이냐?"

"그래. 란 언니하고 향 언니가 붙잡혀서 여기 주방에서 일하고 있어."

대무영은 일단 아란과 청향이 살아 있으며 지척에 있다는 사실에 기쁨을 금치 못했다.

"해란화의 장사가 잘된 데에는 두 언니의 요리 솜씨가 큰 몫을 했었거든. 그래서 청풍루주가 그녀들을 협박해서 강제로 주방에서 일하게 만든 거야."

"협박?"

"향 언니의 가족들을 인질로 잡았다고 윽박질렀지. 주방에서 일하지 않으면 그들을 죽이겠다고 협박한 거야."

대무영은 청향의 가족들, 아니, 자신의 가족인 노부모님과 청미, 청옥, 그리고 어린 조카들까지 살아 있다는 사실에 가슴이 두근거렸다.

"그들은 어디에 있느냐?"

그런데 뜻밖에 북설은 어두운 표정이다.

"멀지 않은 곳에."

"거기가 어디냐?"

"조장, 그들은 모두 죽었어. 그들의 묘는 이곳에서 멀지 않은 곳에 있어."

"……."

대무영은 뭔가 잘못 들은 것 같은 표정을 지었다. 아니면 북설이 잘못 말했을 것이다.

북설은 대무영의 표정을 읽고 착잡하게 중얼거렸다.

"청풍루주는 해란화를 강제로 접수할 당시에 이미 부모님 두 분과 청미, 청옥, 그리고 손(巽)아, 양(洋)아까지 다 죽여서 내다버렸어."

손아와 양아는 청향의 어린 자식들이고 대무영의 조카였다.
 대무영은 정신이 나간 것처럼 멍한 표정을 지을 뿐 아무 말도 하지 못했다.
 그의 머릿속에는 노부모님과 청미, 청옥, 어린 조카의 모습이 아지랑이처럼 맴돌았다.
 "란 언니와 향 언니는 그걸 까맣게 모르고 있는 것 같아. 그러니까 그들 목숨으로 협박을 당하면서 주방에서 일하고 있는 거지."
 "으으……."
 이윽고 현실이 뼛속에 스며들기 시작하자 대무영은 지독한 분노와 슬픔 때문에 딱딱 이빨이 마주치고 온몸이 와들와들 떨렸다.

 북설이 어느 전각으로 몰래 잠입하여 하녀 옷 한 벌을 훔쳐서 창고로 돌아왔다.
 그 사이에 대무영은 밖에서 대야에 물을 떠와서 유조가 얼굴의 피를 씻어내도록 했다.
 유조는 옆구리의 베인 상처와 온몸에 두들겨 맞은 상처들이 심하지만 지금으로썬 그녀가 움직여 주는 수밖에 달리 방법이 없다.

지금은 기루가 한창 흥청거릴 시각이니까 아란과 청향은 주방에서 일을 하고 있을 테고, 대무영은 유조를 하녀로 변장시켜 주방으로 보내서 아란과 청향을 데리고 나오게 할 계획이다.

몸 상태는 유조보다 북설이 훨씬 낫지만 그녀는 발길질에 걸어 채인 얼굴 반쪽이 점점 더 붓고 시커멓게 멍이 들어서 그런 모습으로는 주방에 보낼 수가 없다.

그래서 몸은 많이 다쳤으나 얼굴은 멀쩡한 유조를 보내기로 한 것이다.

대무영은 이런 결정을 하기 전에 정말 속이 시커멓게 탈 정도로 심각한 고민을 했었다.

노부모님과 청미, 청옥, 그리고 조카들을 무자비하게 죽여서 내다 버렸다는 청풍루주를 당장에라도 찢어 죽이고 싶은 심정이 정말 간절했다.

하지만 그렇게 되면 마학사가 대무영의 소행이라고 의심을 할 수밖에 없을 것이다.

청풍루주가 죽고 아란과 청향이 사라졌다면, 그리고 호위대주와 세 명의 호위무사도 실종됐다면, 그게 대무영의 짓이라고 큰 소리로 떠들어대는 것이나 다름이 없다.

아직 마학사에 대한 복수는 시작도 하지 않았다. 그런데 기껏 청풍루주 하나 죽이는 것으로 마학사에게 대무영의 존재가 들켜 버린다면 대가가 너무 크다.

그래서 결국 대무영은 청풍루주를 죽이고 싶은 마음을 간신히 참으며 원한을 씹어 삼키고 아란과 청향만 구해내기로 어려운 결정을 내린 것이다.

물론 청풍루주는 머지않아서 기회가 닿는 대로 가장 잔인한 방법으로 죽여 버릴 작정이다. 원흉은 마학사지만 절대로 청풍루주를 용서할 수가 없다.

그러나 시간이 많지 않다. 호위대주와 세 명의 호위무사가 없어진 사실이 발각되면 시끄러워질 테니까 그 전에 아란과 청향을 구해내서 사라져야만 한다.


주방 입구에서 대여섯 걸음 떨어진 곳에 우두커니 서 있는 한 명의 호위무사는 뒷짐을 지고 물끄러미 밤하늘의 휘영청 밝은 달을 바라보고 있었다.

고향에 두고 온 가족 생각에 젖어 있는 것인가 그의 눈빛이 자못 촉촉하게 젖어 있다.

빡!

"끅!"

호위무사 뒤로 유령처럼 접근한 대무영이 손에 쥐고 있던 큼직한 돌멩이로 뒤통수를 가볍게 찍자 그자는 짧은 신음을 흘리며 곡식 자루처럼 무너졌다.

호위무사가 앞으로 고꾸라지려는 것을 대무영이 재빨리 잡아서 근처에 있는 어두컴컴한 몇 그루 나무 안쪽으로 끌고 가서 감췄다.

대무영은 맨손으로도 호위무사 정도는 간단하게 죽일 수 있다. 그가 일부러 돌멩이를 사용한 것은 의심받지 않으려는 의도다.

아란과 청향이 몰래 호위무사 뒤쪽으로 접근하여 뒤에서 돌멩이로 힘껏 뒤통수를 쳐서 죽이고는 도망을 친 것처럼 보이기 위해서다.

함께 온 하녀 복장의 유조가 대무영을 바라보았다. 대무영은 빙그레 미소 지으며 고개를 끄떡였다.

"잘될 거다."

"네."

유조가 고즈넉이 대답하고는 마치 하녀처럼 종종걸음으로 주방으로 향하는 것을 보고 나서 대무영은 호위무사의 시체를 감춰둔 몇 그루 나무 속 어두컴컴한 곳으로 몸을 감추었다.

대무영은 묵묵히 나무 사이로 주방 입구를 주시했다.

그는 이곳에 오기 전에 북설과 함께 두 다리가 잘라진 호위대주와 죽은 세 구의 시체를 창고에서 말끔히 치웠고, 용구와 이반을 안전한 곳으로 피신시켜 놓고는 북설에게 지키도록 했다.

그러나 호위대주 등의 부재가 길어지면 다른 호위무사들이나 청풍루주가 미심쩍게 생각할 수도 있다. 언제나 변수는 있는 법이다.

어쨌든 지금 상황에서 가장 중요한 일은 아란과 청향을 구출하는 것이니까 그때까지 별다른 일이 일어나지 않기를 빌 수밖에 없다. 달리 할 수 있는 일이 없다.

그때 주방 입구에서 나오는 두 사람을 발견하고 대무영의 얼굴에 반가움이 떠올랐다.

유조의 뒤를 따라서 나오고 있는 사람은 다름 아닌 아란이었다.

그녀는 유조를 만났다는 기쁨과 들키지 않을까 하는 불안한 표정을 지으며 조심스럽게 주위를 두리번거리면서 대무영이 있는 작은 나무숲까지 왔다.

유조가 나무숲 앞에서 걸음을 멈추자 아란은 그녀의 팔을 잡으면서 다급한 표정으로 속삭였다.

"무영에게 무슨 소식이라도 있어?"

기루 해란화에 비극적인 사건이 닥쳤던 그날 이후 아란과 유조는 처음 만나는 것이다.

그런데도 아란은 첫마디가 대무영의 소식을 묻는 것이다.

그녀에게 대무영은 언제나 첫손가락에 꼽히는 존재이기 때문이다.

쓱…….

그때 나무숲에서 시커멓고 커다란 인영이 빠르게 튀어나오더니 아란의 입을 막고는 그녀의 허리를 안고 순식간에 나무숲 안으로 사라졌다.

유조는 주위를 재빨리 둘러보고는 아무도 없다는 것을 확인한 후에 얼른 나무숲 안으로 따라 들어갔다.

대무영은 손으로 아란의 입을 막고 다른 팔로는 허리를 바싹 안은 채 그녀와 마주 보고 섰다.

"……."

대무영이 완강한 팔로 허리를 안아 바싹 끌어당긴 바람에 그와 몸의 앞면이 밀착된 상태에서 아란의 눈이 휘둥그렇게 커졌다.

더벅머리에 수염이 덥수룩한 대무영을 알아보았기 때문이 아니다.

너무도 익숙한 그의 체취를 느낀 것이다. 맡으면 아늑하고 포근한 기분이 드는 아주 좋은 체취다. 예전에 그런 체취를 그녀는 아주 좋아했었다.

대무영은 자신을 알아본 듯한 그녀의 표정을 보고 입을 막았던 손을 뗐다.

"너… 정말… 무영이니?"

"네, 란 누님."

"아아… 천지신명님. 고맙습니다……."

아란은 그 말만 하고는 대무영의 등을 꼭 끌어안으며 그의 품에 깊이 안겨서 조용히 흐느꼈다.

원래 성격이 활달하고 시원시원한 그녀지만 지금은 이것이 꿈인 것만 같아서, 혹시 깨어나면 대무영이 사라져 버리지 않을까 감정조차도 마음껏 표현하지 못했다.

대무영은 아란을 만나면 할 말이 태산처럼 많았으나 그녀처럼 아무 말도 하지 않고 품속에 깊숙이 끌어안고 등을 쓰다듬기만 했다.

삼십오 세의 과부. 키가 크고 늘씬하며 풍만한 아란이지만 대무영에게는 그저 어린 소녀 같을 뿐이다. 울고 또 울면서 대무영의 가슴을 흠뻑 적셨다.


아란은 청향을 데리러 주방으로 다시 들어갔다.

조금 전에 유조는 청향에게는 아는 체를 하지 않고 아란에게만 접근하여 밖으로 데리고 나왔었다.

넓은데다 일하는 숙수와 하녀가 바글바글한 주방 안에서 따로 떨어져서 일하고 있는 아란이 사라진 것을 청향은 까맣게 모르고 있었다.

아란은 주방에 들어가서 일하는 체하다가 청향에게 다가가 밖에 나가서 바람이나 좀 쐬자고 말했다.

청향은 아무것도 모르고 초췌하고 해쓱한 얼굴에 보일 듯 말 듯 미소를 머금고 행주치마에 젖은 손을 닦으며 따라나섰다.

앞선 아란은 잠시 후에 벌어질 놀라운 광경 때문에 두근거리는 가슴을 억누르며, 뒤따르는 청향은 지친 심신을 이끌며 밖으로 나섰다.

아란은 청향의 손을 잡고 대무영과 유조가 숨어 있는 나무숲으로 들어섰다.

청향은 바람을 쐬러 가자면서 왜 아란이 어두운 나무숲으로 인도하는 것인지 의아한 표정을 지었다.

그때 아란은 뒤로 한 걸음 물러나면서 슬쩍 청향의 등을 앞으로 밀었다.

"왜……."

청향이 의아한 얼굴로 뒤돌아보려고 하는데 앞에 대무영이 불쑥 나타나 팔로 그녀의 허리를 감았다.

청향이 소스라치게 놀랄 때 대무영은 재빨리 손으로 그녀의 입을 막았다.

그녀는 아란만큼 대무영을 알지 못했다. 그를 알아보지도 그의 체취를 알아내지도 못하고 겁에 질려서 눈을 동그랗게 뜨고 그를 바라만 보았다.
"향 매, 그는 무영이야."
아란이 그녀 옆에 다가와서 아직도 가늘게 떨리는 목소리로 귀에 대고 나직이 속삭였다.
"……!"
청향의 두 눈이 화등잔처럼 커지더니 그녀 역시 아란과 똑같은 전철을 밟았다.
"무영 동생… 아아… 살아 있었구나……."
그녀는 대무영 품에 안겨서 원래 자그마한 몸을 격렬하게 떨면서 흐느껴 울었다.

"아냐, 우린 갈 수 없어."
대무영이 함께 가자고 하자 아란과 청향은 완강하게 고개를 저으면서 거절했다.
"무영아. 네가 부모님과 동생들, 그리고 조카들을 구해낸 다음에 우리를 데리러 와라."
아란은 대무영이라면 청풍루주에게서 그들을 어렵지 않게 구하고도 남을 것이라고 믿었다.
대무영과 유조는 그들이 죽었다는 말을 차마 할 수가 없어서 착잡한 표정만 지을 뿐이다.
그러나 아란과 청향은 대무영의 표정을 보고 가족들을 구해내는 것이 어렵다는 뜻으로 해석했다.
"왜? 힘들겠어?"
"그게 아니라······."
솔직하고 거침없는 성격의 대무영이지만 가족이 모두 죽었다는 사실을 알면 아란과 청향이 어떤 반응을 보일지 짐작하기에 겁이 났다.
"일단 여길 벗어납시다."
그는 두 팔로 아란과 청향의 허리를 안고 담 쪽으로 빠르게 쏘아갔다.
아란과 청향은 몸부림을 쳤으나 대무영의 억센 팔 힘에는 꼼짝도 하지 못했다.

# 第五十二章
머리에 똥만 들었다

하남포구.

포구에는 수백 척의 크고 작은 배가 몇 겹으로 긴 띠를 이루어 정박해 있다.

강 쪽으로 길게 뻗은 배들의 맨 끝자락에 정박해 있는 한 척의 배는 겉으로는 물건을 실어 나르는 작은 운송선처럼 보였다.

그렇지만 그 배가 물건을 실어 나르는 것을 본 사람은 아무도 없다.

아니, 그 배를 눈여겨서 보는 사람조차도 없었다. 그렇게 그 배는 있는 듯 없는 듯 그곳에 있었다.
또한 그 배가 언제나 수많은 배들이 겹겹이 띠를 이루고 있는 가장 바깥쪽에만 정박한다는 사실은 더더욱 아무도 모르고 있다.

결국 북설이 악역을 맡았다. 가족이 모두 몰살당했다는 사실을 아란과 청향에게 말할 수 있는 사람은 아무도 없는데, 북설은 단지 얼굴을 약간 찡그리면서 그 사실을 단숨에 말해 버렸다.
북설이 남들보다 모진 성격이기 때문이 아니다. 어쩌면 그녀는 다른 사람들보다 더 섬세한 성격의 소유자다. 그러나 그녀는 자신의 감정을 극복하는 능력이 있다.
청향은 그 말을 듣는 즉시 나직한 신음을 흘리더니 그대로 혼절해서 아직까지도 깨어나지 못하고 있다.
그리고 아란은 거듭해서 그게 사실이냐고 묻고 또 물으면서 나직이 흐느껴 울었다.
이 배의 갑판에는 아무도 없이 괴괴한 적막이 흐르고 있지만 갑판 아래 선창에는 대무영을 비롯한 여러 사람이, 아니, 가족들이 무거운 침통함에 잠겨 있었다.
갑판 아래 선창은 이 층으로 이루어졌으며 일 층에는 다섯 개의 방이 있고 이 층은 창고 등으로 사용하고 있다,

아직도 깨어나지 못하고 있는 용구와 이반은 따로 다른 방에 눕혀놓았다.

대무영이 있는 곳은 꽤 널찍한 식당이며 아란과 청향, 북설, 유조, 그리고 추악한 몰골에 외팔이 사내가 한 명 구석에 따로 앉아 있다.

혼절한 청향은 한쪽 바닥에 반듯한 자세로 눕혀져 있다.

이윽고 아란은 계속 묻는 것을 그만두었다. 가족들이 죽은 것이 사실이냐고 반복해서 물은 것은 잘못 들었기 때문이 아니라 울부짖음 같은 것이었다.

그리고는 어느 순간 온몸을 허물어뜨리면서 주저앉아 하염없이 울기 시작했다.

옆에 앉아 있는 대무영은 그녀를 달래줄 엄두조차 내지 못하는 상태다.

그 자신이 극도의 충격과 비통함, 분노에 휩싸여 있는 상태라서 도대체 무슨 말이나 행동으로 아란을 위로해야 할지 모르기 때문이다.

단지 그는 켜켜이 쌓이는 마학사에 대한 원한과 복수심만 자근자근 씹고 또 씹을 뿐이다.

북설이 넉 달 전쯤에 기루 해란화가 어떤 식으로 변을 당했는지에 대해서 대무영에게 설명하기 시작했다.

그러는 동안 아란은 한쪽 구석에서 묵묵히 유조의 상처를 치료해 주었다.

아란은 얼마나 울었는지 눈이 퉁퉁 부었고 갑자기 십 년은 더 늙은 것처럼 보였다.

가족의 몰살은 그녀를 절망하게 만들었다. 하지만 대무영이 무사히 돌아왔다는 사실이 그녀에게 큰 위로가 되었다.

북설의 설명에 의하면 기루 해란화의 모든 재산과 권한은 불과 한 시진 만에 청풍루로 넘어갔다고 한다.

아니, 그 당시에는 그런 사실을 몰랐었다. 간신히 목숨을 건지고 나서야 살아남은 사람들끼리 이것저것 말을 맞춰보고 또 조사를 하고서야 그런 결론에 도달하게 된 것이다. 낙수천화 최대의 기루 해란화가 불과 한 시진 만에 주인이 바뀌다니 믿어지지 않는 일이다.

실행은 한 시진 만에 끝났으나 사전에 계획은 치밀하게 짠 것이 분명했다.

넉 달 전 어느 날 동이 트기 전 새벽에 일단의 무리가 기루 해란화에 귀신처럼 잠입했다.

그들은 불과 십여 명이었으며 두 개 조로 흩어져서 자신들이 맡은 일들을 순식간에 해치웠다.

한 개 조는 한 채의 전각에서 함께 모여서 자고 있는 루주 해란화와 월영, 아란, 청향과 가족들을 간단하게 제압했으며,

또 다른 조는 호위무사인 무영단을 급습하여 닥치는 대로 죽였다.

무영단은 모두 열두 명으로 두 개의 조로 나누어 주야로 기루 해란화를 호위하고 있었다.

아침부터 자정까지는 부단주 유조가 이끄는 조가, 자정부터 아침까지는 오룡방 흑룡단주였던 공손우가 조를 이끌며 호위를 했었다.

갑작스러운 괴한들의 공격에 공손우는 다섯 명의 조원을 이끌고 사력을 다해서 싸웠다.

처음 낙양에 와서 무영단원이 됐었던 시절의 공손우와 조원들 실력이었다면 이 정도의 공격에 순식간에 와해되고 말았을 것이다.

그들보다 먼저 낙양에 왔던 용구와 북설은 대무영이 어떤 방법으로 무술 수련을 했는지에 대해서 자세히 듣고는 거기에 자극을 받아 그때부터 밤잠도 설쳐가면서 무술 수련에 매두몰신(埋頭沒身)했었다.

그 덕분에 무영단이 발족할 무렵의 용구와 북설은 부단주 유조를 제외하고는 무영단 내에서 가장 실력이 뛰어난 무사가 되어 있었다.

두 사람의 실력은 과거 오룡방 귀야향주 귀야도 현종보다는 강하고 흑룡단주 공손우하고는 막상막하를 이룰 정도로 증진되었다. 장족의 발전을 한 것이다.

무술은 강한 자극을 받았을 때 진보한다. 과거 자신들과 비슷하거나 오히려 하수였던 용구와 북설의 놀라운 변화를 직접 본 무영단원들은 그때부터 거의 미친 듯이 무술을 수련하기 시작했다.

그래서 나날이 일취월장하여 기루 해란화에 괴한들이 침입했을 즈음에는 예전에 비해 두 배 이상 실력이 증진되어 있었다.

공손우와 다섯 명의 단원은 사력을 다해서 침입자들과 싸웠으나 역부족이었으며 공손우와 현종을 제외한 세 명이 죽은 상황이었다.

그때 싸우는 소리를 듣고 자고 있던 유조와 그녀의 조원 다섯 명이 뛰어나와 싸움에 합세했다.

그렇지만 기울어가는 전세를 뒤집지는 못했다. 무영단 열두 명이 싸우는 상대 다섯 명은 일개 무사가 아니라 강호의 진짜 고수들이었기 때문이다.

그 싸움에서 무영단은 일곱 명이 죽고 다섯 명이 간신히 목숨을 건져 도망쳤다.

공손우와 다른 단원들이 목숨을 던져서 활로를 열어주지 않았으면 다섯 명은 절대로 해란화에서 살아서 나오지 못했을 것이다.

또한 작고 빠른 쾌속선을 타고 강으로 향하지 않고 육로를 택했으면 도주는 실패했을 것이다.

같은 시각에 침입자 한 개 조는 자고 있는 루주 해란화와 월영, 아란, 청향 등 여자들과 가족들을 너무도 손쉽게 제압했다.

그리고 침입자들의 우두머리, 즉 지금의 청풍루주가 천절가인 해란화를 협박하여 기루 해란화의 모든 권리와 권한을 넘겨받았다.

가족들의 목숨으로 위협을 하는데 해란화인들 청풍루주의 요구를 거절할 수가 없었다.

침입자들은 마구잡이로 기루 해란화를 접수할 수가 없어서 이런 방법을 택한 것이다.

나라에는 국법이 엄연히 존재하거늘 아무리 강호인이라고 해서 기루, 그것도 낙수천화 최고 최대 기루 해란화를 강제로 탈취할 수는 없다.

그리하면 국법이 좌시하지 않을 것이고 결국 관군(官軍)이 개입하게 될 것이다.

그래서 가족들을 인질로 잡고 루주인 해란화를 협박하여 서류상으로 완벽하게 기루 해란화를 넘겨받은 것이다.

이후 해란화 등은 죄다 뿔뿔이 흩어졌기 때문에 서로의 생사에 대해서는 전혀 알지 못한다.

다만 해란화가 침입자들의 협박에 응했기 때문에 모두들 무사할 것이라고만 믿을, 아니, 믿고 싶을 뿐이다.

"해란화와 월영 누님은 어떻게 되었는지 모르느냐?"
설명을 다 듣고 난 대무영은 한참 동안이나 분노를 삭이느라 침묵을 지키고 있다가 이윽고 가라앉은 목소리로 쥐어짜듯 물었다.
북설은 고개를 가로저었다.
"몰라. 하지만 죽지 않은 것 같아."
"그걸 어떻게 아느냐?"
북설은 잠시 가만히 있다가 무거운 한숨을 길게 토해낸 후에 대답했다.
"강 건너에 작은 야산이 하나 있어. 그 산 서쪽에 깊은 계곡이 있는데 그곳에서 죽은 무영단원과 가족들의 시체를 찾아냈어."
북설은 유조의 치료를 끝내고 이쪽을 쳐다보고 있는 아란을 힐끗 한 번 보고는 말을 이었다.
"그날 우리는 해란화에서 도망쳐 나온 후에 다시 그곳으로 돌아가서 잠입을 시도했으나 이미 날이 밝았고 또 놈들의 경계가 너무 삼엄해서 실패했어."
그녀는 자신의 무능함이 정말 싫다는 듯한 표정이다.

"그래서 멀찍이 거리를 두고 감시를 했는데 얼마 후에 해란화 선착장에서 배 한 척이 나와서 강 건너로 갔고, 여러 경장 사내가 시체를 메고 야산으로 들어갔어."

그 당시에 유조와 북설 등은 싸움에서 부상을 입은 몸이었으나 고통을 참으면서 경장 사내들을 멀리서 미행했다.

이후 경장 사내들이 배를 타고 다시 강을 건너 해란화로 향하는 것을 확인하고 야산을 뒤지다가 깊은 계곡에 버려져 있는 시체들을 찾아냈다.

시체는 노부모와 청미, 청옥, 조카인 손아, 양아, 그리고 무영단의 공손우와 현종, 강무교, 도무철, 함자방, 막태, 차관보였다.

가족들은 한결같이 심장이 찔려서 죽었으며, 싸우다가 죽은 무영단원들의 시체는 처참하기 짝이 없었다.

"음……."

대무영은 야산 깊은 계곡에 그 시체들이 처박혀 있는 광경이 눈에 선하게 보이는 것 같아서 어금니를 악물고 신음을 흘렸다.

그 모든 게 대무영 때문이다. 그가 낙수천화에 있었으면 그런 일은 일어나지 않았을 것이다.

그렇게 생각하니 후회와 자괴감이 밀려들어서 심장이 조각나는 것만 같았다.

"그런데 주고후는 어떻게 됐어?"

그는 생각난 듯 물었다. 이곳에 있는 네 명과 죽은 일곱 명을 제외하면 한 명 주고후가 남기 때문이다.

"저기 있잖아."

북설은 구석 바닥에 혼자 웅크리고 앉아 있는 흉측한 몰골의 외팔이 사내를 턱으로 가리켰다.

대무영은 흠칫하며 외팔이 사내를 쳐다보았다. 이곳에 들어섰을 때 외팔이 사내를 봤지만 급박한 상황이라서 그냥 넘어갔었는데 그가 주고후라는 것이다.

대무영이 기억하고 있는 그보다 두 살 위의 주고후는 훤칠한 키에 하얀 살결을 지닌 백면서생 같은 청년이었다.

실제 주고후는 아는 것이 많고 총명해서 예전 단목조에서는 모사 역할을 했었다.

외팔이 사내 주고후는 웅크린 채 무릎에 얼굴을 묻고 있다가 고개를 들고 이쪽을 쳐다보았다.

그는 대무영하고 눈이 마주치자 얼굴을 일그러뜨렸다. 제 딴에는 미소라도 지으려는 것 같았으나 마주 대하기 어려울 정도로 징그러운 모습이다.

"어… 단주. 오랜만이오."

"고후……."

정작 주고후는 담담한데 그를 쳐다보는 대무영의 얼굴이

참담하게 일그러졌다.

주고후는 그 말뿐 다시 무릎에 얼굴을 묻어버렸다. 만사 귀찮은 듯한 모습이다.

북설이 주고후를 보며 씁쓸하게 중얼거렸다.

"저놈은 그날 놈들하고 싸우다가 왼팔이 잘렸고, 유등을 건드리는 바람에 기름을 뒤집어쓰고 몸에 불이 붙는 바람에 저 지경이 됐어."

"음."

대무영은 예전의 그 잘난 모습을 잃고 추악하게 변해 버린 주고후를 보면서도 뭐라고 해줄 말이 한마디도 생각나지 않았다.

잠시 침묵이 흐른 후에 대무영은 다시 해란화에 대해서 북설에게 물었다.

"해란화가 청풍루에 있는 것 같으냐?"

"거기에 없는 건 분명해."

"어째서 그렇게 확신하지?"

"해란화가 거기에 있었으면 벌써 소문이 파다하겠지 지금처럼 잠잠하겠어?"

"그렇군."

청풍루주가 해란화를 살려두었다면 오로지 기녀로 써먹으려는 의도 외에 다른 이유는 없을 것이다.

청풍루와 낙수천화에 해란화가 없다고 해도 마학사의 보천기집에는 무려 이백여 개의 기루가 있다니까 그중 한 곳에 있을 것이다.

치료를 끝낸 아란과 유조는 대무영의 좌우에, 북설은 맞은편에 앉아 있었다.

"무영가."

"뭐냐?"

유조의 나직한 부름에 대무영은 생각을 멈추었다.

"도대체 청풍루의 정체가 뭐죠? 그들이 무엇 때문에 해란화를 접수한 건가요?"

그러고 보니까 대무영은 아직 마학사가 그 일을 명령했다는 사실을 이들에게 말하지 않았다.

그것을 설명하려면 반년 전 올 초에 대무영이 이곳을 떠난 이후부터 일어난 일을 모두 얘기해야만 한다.

스으으…….

하남포구에서 한 척의 배가 어둠을 뚫고 강을 향해 미끄러져 나갔다.

끼이익… 끼이…….

외팔이 주고후가 뒤쪽에서 노를 저어 배가 어느 정도 강으로 나오자 그는 노를 놓고 달려가서 배 중앙에 있는 두 개의 돛 중에서 하나를 활짝 펼치고는 다시 뒤로 가서 이번에는 방향타를 잡았다.

그는 팔이 하나뿐이면서도 정상인보다 더 재빠르고 능숙했다. 그걸 보면 평소 이 배를 그가 운행했다는 사실을 알 수 있을 것 같았다.

배는 휘영청 밝은 보름달 아래 물살을 가르면서 낙수 상류를 향해 유유히 나아갔다.

주고후는 하나뿐인 오른손으로 방향타를 움켜쥐고 묵묵히 전방을 주시한 채 꼼짝도 하지 않았다.

유등의 기름을 뒤집어쓴 상태에서 불에 탄 그의 얼굴은 뭐라고 표현하기 어려울 정도로 흉측하기 짝이 없었다.

불에 탄 피부가 녹아서 얼굴이 마치 밟아놓은 진흙처럼 일그러졌다.

한쪽 눈은 완전히 살에 뒤덮였으며 콧구멍은 뻥 뚫렸고 짓이겨진 입술은 아무리 꼭 다물어도 이빨이 밖으로 튀어나와 흡사 귀신같았다.

귀는 아예 사라지거나 오그라들었으며 턱과 목의 구분이 없이 눌어붙은 모습이다.

저벅저벅…….

묵직한 발소리가 나더니 선창에서 계단을 올라온 대무영이 모습을 드러냈다.

그는 주위를 둘러보다가 주고후에게 다가와 그의 옆 난간에 걸터앉았다.

"고후."

"단주, 아무 말도 하지 마시오."

대무영은 무슨 말로든 그를 위로하려고 했다가 입을 다물고 말았다.

주고후의 말이 옳다. 괜히 어설픈 위로를 꺼냈다가는 오히려 그의 마음을 더 뒤집어놓을 것이 뻔하다. 이럴 땐 가만히 있는 것이 좋다.

조금 전에 대무영이 자신이 낙양을 떠난 이후에 겪었던 일들을 얘기할 때 주고후도 모두 들었으며 아무 반응도 보이지 않았었다.

대무영의 설명은 매우 길었으나 결론은 간단했다. 이 모든 불행의 원인이 대무영과 마학사 사이에서 벌어진 일 때문이라는 것이다.

기루 해란화를 만들어서 개업을 하고 화음현 오룡방에서 단목조원들과 유조 등을 불러와서 무영단을 만든 사람은 대무영이었다.

그러나 그 모든 것을 한순간에 풍비박산 만들고 여러 사람을 죽게 했으며, 뿔뿔이 흩어지게 만들고, 또 주고후를 흉측한 괴물로 만든 원인을 제공한 사람도 바로 대무영인 것이다.

그가 아니었으면 마학사가 그런 짓을 했을 리가 없다. 주고후나 대부분의 사람은 마학사가 누군지도 모르고 만난 적도 없었다.

이 모든 비극이 대무영 때문이다. 그는 기루 해란화와 무영단에 사람들을 잔뜩 불러 모아놓고는 그곳에 지옥의 불기둥이 떨어지게 만들었다.

"단주는 내 인생을 송두리째 망가뜨려 놓았소."

주고후는 대무영에겐 시선도 주지 않은 채 강을 주시하며 나직하게 중얼거렸다.

대무영은 입이 백 개라도 할 말이 없다.

주고후는 이를 악물고 하나뿐인 눈을 번뜩였다.

"그날 죽은 동료들이 부럽소. 내가 사는 것은… 죽은 것보다 못한 삶이오."

"미안하다."

"아무 말도 하지 말라고 그랬소!"

주고후는 버럭 언성을 높였다. 그러면서도 대무영을 쳐다보지 않았다.

그의 하나뿐인 눈이 번들거리는 이유는 원한과 억울함의 눈물이 차올랐기 때문이다.

"아까 그 얘기를 듣고 나는 단주를 증오하기로 했소."

대무영은 주고후 뿐만이 아니라 살아남은 사람 모두, 그리고 죽어서 구천을 떠도는 영혼들마저 자신을 원망하고 증오할 것이라고 생각했다.

이곳에 오기 전까지는 그저 막연하게 해란화와 가족들, 무영단 사람들의 안위에 대한 걱정과 마학사에 대한 원한만 가슴에 넘쳤었다.

그러나 막상 이곳에서 있었던 일들을 알게 되고 살아남은 사람들의 비통함을 접하게 되니까 또 다른 감정, 즉 죄스러움 때문에 죽을 것처럼 괴로웠다.

지금 그의 심정은 해란화에 대한 걱정이나 마학사에 대한 원한보다도 자신으로 인해서 죽음을 당하고 또 고통을 당하고 있는 사람들에 대한 죄스러움이 훨씬 더 컸다. 그래서 걱정이나 원한은 빛이 바랬다. 지금은 그들의 고통에 동참하는 것이 먼저다.

주고후는 대무영을 증오한다고 거침없이 말하지만, 다른 사람들은 그런 마음을 표출하지도 못하고 있다. 대무영과의 얄팍한 친분 때문에 그러는 것일 게다.

쏴아아······.

한동안 침묵이 흐르며 배가 나아가면서 물살을 가르는 소리만 들려왔다.

지금 이 배는 하남포구에서 낙수를 따라 칠십여 리 상류에 있는 낙녕현(洛寧縣)으로 가는 길이다.

그곳에 기루 해란화의 변고 때문에 죽은 사람들의 무덤이 있다.

유조와 북설 등은 낙양 가까운 곳에 묘를 썼다가 청풍루에 발각될까봐 멀찍이 떨어진 곳에 무덤을 만들었다.

"단주는 앞으로 어쩔 생각이오?"

주고후가 침묵을 깨고 조용히 물었다.

"항주로 갈 생각이야."

"보천기집의 총루인 명야루에 가려는 것이오?"

"그렇다."

아까 대무영은 마학사에 대해서 설명하면서 자신이 알고 있는 것들을 하나도 빼놓지 않고 말했었다.

주고후는 그 내용들을 허투루 듣지 않고 다 기억하고 있는 것이 분명했다.

"가서 뭘 할 거요?"

"가봐야 알 거 같다."

마학사에 대해서 알고 있는 것은 보천기집과 명야루밖에 없으니까 아직 계획이 서지 않은 것은 당연하다.

"가기 전에 단주가 할 일이 있소."

"뭐냐?"

"내가 청풍루주와 그년의 측근들을 죽일 수 있도록 도와주시오."

대무영은 미간을 찌푸렸다.
"그건 곤란하다. 그렇게 하면 마학사가……."
"클클… 웃기는군."
주고후는 추악한 얼굴을 일그러뜨리며 비웃었다.
"뭐가 말이냐?"
대무영은 그의 조롱에 화도 나지 않았다. 그가 조롱을 해서 화가 풀릴 것 같으면 어떤 조롱이라도 달게 받을 각오가 되어 있다.
"아직 아무런 계획도 없다면서 뭐가 탄로 날 것을 두려워하는 것이오?"
"……."
대무영은 말문이 막혔다. 그의 말이 옳다. 현재 대무영은 아무런 계획이 없는 무계획이다.
그렇지만 청풍루를 치면 마학사가 대무영의 존재를 의심할 것이다. 그걸 염려하는 것이다.
"단주가 살아 있다는 사실을 마학사가 알게 되면 어떻다는 거요?"
주고후가 계속 이죽거렸지만 대무영은 굳게 입을 닫고 있을 뿐이다.
"무계획일 때는 마학사가 단주의 존재를 알게 되는 것도 하나의 방법이지 않겠소?"

말하자면 무에서 유를 창조한다는 뜻이다.

"내가 살아 있다는 것을 마학사가 알게 되는 것이 말이냐?"

"그렇소."

"음……"

대무영은 심각한 표정으로 팔짱을 꼈다. 그런 생각은 한 번도 해보지 않았는데 이제 생각해 보니까 그런 상황이 되면 마학사가 분명히 어떤 행동을 취할 것이고 그렇게 되면 허점이 노출될 수도 있다.

즉, 지금의 마학사를 머리와 발을 집어넣고 잔뜩 웅크리고 있는 커다란 거북이에 비유한다면, 거북이를 움직이게 만드는 것이다.

거북이는 웅크리고 있을 때보다는 움직일 때 잡거나 죽여야 훨씬 쉽다.

"그러나 구태여 일부러 알릴 필요는 없소."

주고후의 말에 대무영은 힐끗 그를 쳐다보았다. 방금까지는 마학사에게 대무영의 존재를 알려도 상관없다고 하더니 이제는 일부러 그럴 필요가 없다는 것이다.

"어쨌든 청풍루주와 측근들을 죽이도록 도와주시오. 그러면 내 속이 조금쯤 풀릴 것 같소."

"그런가?"

대무영은 씁쓸한 표정을 지었다.

"알겠다. 내일 청풍루에 가마."

조금 전에 주고후가 한 말, 즉 대무영이 살아 있다는 사실을 마학사가 알면 아는 대로 어떠냐는 말에 조금 마음이 고무되었다.

"단주 머리엔 똥만 들었군."

"……."

주고후는 거침없이 내뱉었다.

대무영은 움찔했다. 욕을 들었는데 화가 나기보다는 일침을 당한 것 같은 느낌이 들었다.

사실 그는 지금으로써는 마학사를 어떻게 상대해야 할지 너무 막막해서 자신의 머릿속에는 똥만 들었다는 생각을 종종 하고 있었다.

"청풍루 건은 나한테 맡겨 보겠소?"

대무영은 주고후를 지그시 쳐다보았다. 오룡방 단목조 시절에 주고후는 잔머리를 잘 굴리는 모사꾼이었다.

"알았다. 네 맘대로 해봐라."

대무영은 고개를 끄떡였다. 그는 마학사에게 자신의 존재가 알려져도 상관없다고 생각했다.

그리되면 오히려 또 다른 돌파구가 생길지도 모른다는 생각도 들었다.

설혹 그렇지 않더라도 그것으로써 주고후의 마음이 조금이라도 풀린다면 다행이라는 생각이다.

배는 낙녕현에 도착하기 전에 잠시 강가에 정박했다. 먼저 해야 할 일이 있기 때문이다.

배 갑판에는 대무영과 북설, 유조, 주고후가 서 있고, 북설 손에는 한 사내가 멱살이 잡혀 있었다.

북설은 멱살을 잡고 있던 호위대주를 짐짝처럼 강가로 집어던졌다.

퍽!

두 다리가 잘리고 아혈과 마혈이 제압된 호위대주는 찍소리도 내지 못하고 백사장에 거꾸로 처박혔다.

북설은 제일 먼저 배에서 강으로 뛰어내렸다.

"저 새끼는 나한테 맡겨."

그녀는 배에서 내려 자신을 따라오는 대무영을 힐끗 돌아보며 물었다.

"조장은 옆에서 물어보기만 해. 고문하는 건 내가 할게."

청풍루에 있는 놈들에게 원한이 정수리까지 치밀어 있는 북설이라서 대무영은 그녀를 말리지 않았다.

북설은 호위대주를 똑바로 눕혀놓고 대무영과 유조, 주고후가 둘러섰다.

"으아아— 어서 죽여라! 제발 죽여다오—!"

호위대주는 피투성이가 되어 버둥거리며 울부짖었다. 그는 얼굴을 비롯한 온몸에서 피를 흘리고 있다. 그가 흘린 피 때문에 주위의 모래가 시뻘겋게 물들었다.

북설은 호위대주 옆에 앉아서 대무영이 궁금한 것을 물어볼 때마다 작고 귀여운 단검으로 호위대주의 귀와 코를 자르고 눈알을 후벼 팠으며, 양팔을 자르고 심지어 바지를 벗기고는 거침없이 음경까지 잘라버렸다.

그 광경이 너무 잔인해서 유조는 처음부터 고개를 돌리고 외면하고 있었다.

북설이 처음에 차례로 양쪽 귀를 잘랐을 때 호위대주는 사색이 되어 자신이 알고 있는 것들을 모두 술술 실토했으나 북설은 그것하고는 상관없이 단검을 이리저리 그어대고 푹푹 후벼 팠다.

그녀는 단검으로 호위대주의 몸을 긋고 후비면서 광인처럼 히죽히죽 웃고 눈을 희번덕였다.

사실 그녀의 목적은 고문이 아니라 호위대주를 난도질하는 것이었다. 그렇게 함으로써 복수심을 조금이라도 풀어보려는 속셈이었다.

대무영은 자신이 원하는 내용을 거의 알아내지 못했다. 호위대주가 알고 있는 것은 대부분 청풍루에 국한된 것들이었으며, 단 하나 아닌 것이 있었다.

마학사는 두 개의 세력을 거느리고 있는데 하나는 보천기집이고 또 하나는 대천계(戴天界)라고 한단다.

대천계는 마학사의 행동대다. 모두 몇 명이며 어떤 인물들로 이루어졌는지는 모르지만 호위대주는 조직체계에 대해서만큼은 수박 겉핥기 정도만 알고 있었다.

대천계에는 모두 다섯 개의 계(界)가 있으며 맨 위가 천계(天界), 그 다음은 명계(明界), 황계(荒界), 추계(追界), 번계(蕃界) 순이다.

호위대주는 꼭대기 천계에서 네 번째 추계에 이르기까지는 전혀 아는 바가 없으며, 자신이 속한 번계에 대해서는 어느 정도 알고 있었다.

번계에는 한 명의 총번계주와 열 명의 번계주가 있으며, 호위대주는 자신이 여덟 번째, 즉 팔번계주라고 했다. 그리고 자신의 임무가 청풍루의 호위이며 수하 이십 명이 호위무사를 맡고 있다는 것이다.

그에게서 알아낸 또 하나의 유용한 정보는 청풍루주가 번계 위의 급인 추계의 인물인데 정확하게 어떤 지위인지는 모른다고 했다.

"헤헤… 이젠 이놈을 죽여야지."

알아낼 것을 다 알아낸 상태에서 북설은 피가 뚝뚝 떨어지는 단검을 들어 올리며 호위대주, 아니, 팔번계주를 내려다보면서 득의한 표정을 지었다.

그것은 마치 맛있는 것을 앞에 놓고 군침을 흘리는 어린아이 같은 표정이다.

팔번계주는 더 이상 사람이라고 부를 수 없을 정도로 끔찍한 몰골로 변해 있었다. 그저 하나의 커다란 고깃덩어리 같았다.

"단주, 이놈은 내게 주시오."

그때 주고후가 불쑥 나섰다.

"뭐야 너?"

북설이 와락 인상을 썼다.

"그렇게 해라."

대무영이 가볍게 고개를 끄떡였다.

"아니… 조장."

대무영의 허락에 북설이 어이없는 표정을 짓는데 주고후는 피투성이 팔번계주를 저만치 바위가 많은 곳으로 질질 끌고 갔다.

북설은 입으로 들어가기 직전의 맛있는 요리를 뺏긴 것 같은 표정이다.

대무영 등이 지켜보고 있는 가운데 주고후는 근처에서 큼직한 돌 하나를 집어 들고 그때부터 팔번계주의 온몸을 자근자근 짓이기기 시작했다.

 힘을 들이지도 않고 욕을 하지도 않으면서 그저 푸줏간의 고기를 곱게 다지듯이 쉴 새 없이 돌을 내려찍었다.

 퍽퍽퍽퍽… 우지직… 뚝…….

 피와 살점이 튀고 뼈가 잘게 부서지는 소리를 들으면서 북설과 유조는 오만상을 찌푸렸다. 북설이라고 해도 저렇게 잔인하게 죽이지는 못할 것이다.

 "조장, 쟤 무슨 일 있었어?"

 "모르겠다."

 어이없는 표정으로 북설이 묻자 대무영은 고개를 저었다.

# 第五十三章
심계원모(深計遠謀)

주고후는 대무영과 함께 낙수 상류의 낙랑채에 다녀왔다.

낙랑채는 예전에 낙수천화를 약탈하여 해란화와 월영 등 서른세 명의 기녀들을 납치했다가 대무영에게 세력의 절반을 잃었던 수적이다.

낙랑채는 낙양에서 서쪽으로 이백여 리나 멀리 떨어진 금보산(金寶山) 깊은 곳에 있는데, 주고후는 은자 천 냥을 등짐으로 지고 낙랑채에 들어갔다가 다음날 버젓이 살아서 금보산을 내려왔다.

배로는 낙랑채에 갈 수가 없다. 낙수 상류는 워낙 물살이 거세고 험해서 수적들의 놀라운 솜씨가 아니면 배를 몰고 진입할 수가 없기 때문이다.

금보산 아래에서 기다리고 있던 대무영은 주고후와 함께 말을 타고 하남포구로 돌아왔다.


"북설, 은자 십만 냥 준비해 다오."

대무영과 함께 나간 지 하루 반나절 만에 배로 돌아온 주고후의 일성이었다.

"뭐… 뭐야? 내가 그 정도 큰돈이 어디 있어?"

대무영이 돌아왔다는 말에 맞이하러 나온 북설은 기가 막힌다는 표정을 지으며 딱딱거렸다.

그러나 주고후는 목이 탄 듯 물을 한 사발 들이켰다.

북설과 유조, 아란, 청향은 대무영과 주고후가 무사히 돌아오길 눈 빠지게 기다렸는데 들어서자마자 주고후가 대뜸 은자 십만 냥을 준비하라니까 어리둥절해졌다.

주고후는 물그릇을 탁자에 내려놓으며 대수롭지 않게 대꾸했다.

"북설 네가 가끔씩 몰래 용성전장에 드나드는 것을 잘 알고 있다."

"에?"

북설의 눈이 동그래지면서 가슴이 뜨끔했다. 그녀는 예전에 대무영하고 번 돈을 모두 용성전장에 맡겨두었다.
주고후는 고삐를 늦추지 않았다.
"이 배를 구한 것도 북설 너고, 그동안 궁색하지 않게 생활한 것도 다 네 덕분이다. 용성전장에 모아놓은 돈이 없다면 그렇게 할 수 없었겠지."
"……"
북설은 뭐라고 항변할 말을 잃어버렸다. 잠시 후에 그녀는 냉정한 표정을 되찾았다.
"어쨌든 그렇게 큰돈은 없다."
그녀는 팔짱을 끼며 옹골진 태도를 취했다.
"갑자기 은자 천 냥을 준비하라고 해서 여기저기 긁어모아준 게 내 전 재산이었다. 이젠 한 푼도 없다."
한쪽에 꼿꼿한 자세로 앉아 있던 대무영이 끼어들었다.
"설아, 내가 갚으마."
"조장……"
북설은 움찔 놀라 대무영을 바라보다가 곧 선선이 고개를 끄떡였다.
"알았어. 그렇지만 갚지 않아도 돼."
주고후가 달라고 할 때는 없다고 펄펄 뛰더니 대무영이 한마디하니까 즉각 내놓겠다고 하면서 갚지 않아도 된다는 것이다.

북설이 의아한 표정을 지으며 대무영에게 물었다.
"그런데 어디에 쓸 건데?"
"나도 모른다."
"조장도 몰라?"
모두의 시선이 자연스럽게 주고후에게 집중되었다.
주고후는 언제나처럼 구석에 웅크리고 앉으려 걸어가는데 대무영이 조용히 말했다.
"고후가 설명해 줄 것이다."
주고후의 걸음이 뚝 멈췄다.
"청풍루를 칠 건데 고후가 계획을 세웠다."
주고후는 대무영을 힐끗 쳐다보았다. 그는 자신의 계획을 대무영에게도 말하지 않았다.
대무영은 북설에게 은자 천 냥을 받아서 낙랑채에 가자고 해서 따라갔다가 온 것이 전부다.
주고후는 대무영 자신이 청풍루 공격 계획에 대해서 알고 싶어 한다고 생각했다.
그래서 이 자리를 빌어서 넌지시 간접적으로 계획의 설명을 요구한 것이다.
구태여 감춰야 할 이유도 없으므로 주고후는 구석으로 가던 걸음을 멈추고 탁자 옆으로 와서 섰다.
그는 하나뿐인 눈으로 천천히 좌중을 둘러보았다. 그는 애

꾸가 아니다. 두 눈 다 멀쩡하지만 한쪽 눈이 녹아내린 살에 덮여 있을 뿐이다.

덮인 살을 들어 올리면 눈이 보이지만, 항상 손으로 들어올리고 있을 수는 없는 노릇이다.

"청풍루를 어떻게 칠 건데?"

주고후가 뜸을 들이자 북설이 참지 못하고 물었다.

북설뿐만 아니라 모두들 청풍루를 친다는 말에 극도로 긴장하고 있었다.

또한 대무영이 그 일을 주고후에게 맡겼다는 사실에 매우 놀라고 있는 중이다.

"낙랑채를 들러리로 세웠소."

"들러리? 어떻게?"

"우리가 청풍루를 먼저 공격해서 목적을 달성한 직후에 근처에 대기하고 있던 낙랑채가 청풍루를 약탈한다는 계획이오. 낙랑채하고 그 얘기를 하기 위해서 미끼로 은자 천 냥이 필요했던 것이오."

"아……."

누군가의 입에서 나직한 탄성이 흘러나왔다. 그리고 모두의 얼굴에 감탄하는 표정이 가득 떠올랐다.

모두들 주고후의 기막힌 계책에 감탄하느라 입을 열지 못하고 한동안 침묵이 흘렀다.

대무영을 비롯하여 모두들 청풍루에 지독한 원한이 있으므로 청풍루를 치는 것에는 이견이 없다. 다만 청풍루를 치면 대번에 대무영의 소행이라고 의심이 될 것이기 때문에 손을 쓸 수 없었던 것이다.
　그런데 대무영과 무영단이 먼저 쥐도 새도 모르게 청풍루를 급습하여 목적을 이루고 난 직후에 낙랑채가 난리법석을 피우면서 공격, 약탈을 하면 모두들 청풍루의 괴멸이 낙랑채의 소행이라고 생각할 것이다.
　청풍루주 이하 대천계의 고수들은 대무영이 미리 손을 써서 죽이거나 제압해 버리면 낙랑채는 거칠 것 없이 실컷 청풍루를 유린할 것이다.
　"그래서 낙랑채에 십만 냥을 주는 거야?"
　"그래."
　북설의 물음에 주고후는 가볍게 고개를 끄떡였다.
　"낙랑채는 청풍루에서 돈과 패물을 엄청 약탈할 텐데 어째서 돈을 줘?"
　주고후는 고개를 가로저었다.
　"낙랑채는 청풍루에서 잔돈푼만 얻을 것이다."
　"어째서?"
　"우리가 먼저 털어갈 테니까."
　"뭐어……."

모두 눈을 휘둥그렇게 뜨면서 경악했다. 설마 도둑처럼 청풍루에서 돈과 패물을 털어가려는 것일 줄은 아무도 예상하지 못했었다.
 대무영마저도 전혀 뜻밖의 말에 조금 어이없는 표정을 지으며 주고후를 쳐다보았다.
 그러나 주고후는 아랑곳하지 않고 모두에게 설명했다.
 "우리의 적은 마학사요. 그자는 보천기집이라는 기루집단을 거느리고 있어서 가늠조차 할 수 없을 정도로 엄청난 부자에다 대천계라는 세력도 거느리고 있소."
 그는 이렇게 말함으로써 자신의 최종목표가 마학사를 죽이는 것이라고 간접적으로 표명했다.
 그리고 모두 같은 배를 탄 것이라는 점을 강조했다. 그의 말에 아무도 이의를 제기하지 않는다는 것은, 모두 같은 목적을 갖고 있다는 뜻이다.
 "그런 놈을 상대하려면 우리도 돈이 좀 있어야 할 것 아니겠소? 이왕이면 마학사의 돈을 탈취해서 우리 자금으로 쓰는 게 일거양득이라고 생각하오."
 "그렇지만 도둑질은……."
 비록 삼류방파지만 정파인 오룡방의 소방주 유조는 탐탁하지 않은 얼굴이다.
 북설이 주고후 편을 들었다.

심계원모(深計遠謀)

"마학사를 상대하려면 돈이 수백만 냥이 들지 수천만 냥이 들지 몰라. 돈 없으면 아무것도 못해. 다른 돈도 아니고 마학사 돈을 뺏어서 쓰는 게 뭐가 나빠?"

북설은 더 핏대를 올렸다.

"더구나 해란화가 벌 돈을 청풍루가 벌고 있잖아. 그건 원래 우리 돈이나 마찬가지야."

유조는 잠자코 입을 다물었다. 북설의 말을 수긍해서가 아니라 대무영이 가만히 있기 때문이다. 그가 옳다고 하면 그녀는 무조건 추종할 각오가 되어 있다.

\* \* \*

낙수천화의 청풍루 맞은편에는 다섯 개의 고만고만한 기루가 늘어서 있다.

청풍루의 규모가 얼마나 큰지 맞은편의 기루 다섯 개가 합쳐져야 청풍루의 끝에서 끝까지 길이가 얼추 맞았다.

다섯 개의 기루 중 하나인 청성각(靑星閣) 이 층 거리 쪽으로 창이 난 어느 방에는 청성각의 기녀와 살림을 차린 손님이 거주하고 있다.

보름 전에 청성각에 두 명의 손님이 들었는데 그중 한 명은 절세가인 쯤 쩌 먹을 정도로 아름다운 청년이었으며, 다른 한 명은 평범한 용모였다.

 그날 밤에 두 사내는 청성각 최고기녀 두 명을 불러놓고 돈을 물 쓰듯이 펑펑 뿌렸다.

 하룻밤에 무려 은자를 천 냥이나 쓴 것이다. 청성각이 생긴 이래 그만한 거금을 하룻밤 만에 쓴 손님은 그들이 처음이었다.

 경사는 겹으로 생겼다. 예쁘장한 청년이 청성각 최고기녀가 마음에 든다면서 청성각에 살림을 차리겠다는 것이다. 그러면서 그 대가로 매일 은자 천 냥을 내겠다고 했다. 물론 청성각에서는 거절할 이유가 없었다. 아니, 쌍수를 들어 대환영했다.

 그날부터 예쁘장한 청년은 살림을 차린 방에서 밖으로 한 발도 나오지 않고 하루 종일 청성각 최고기녀 매선(梅仙)과 뒹굴었다.

 청성각에서는 그가 방에만 있든 무슨 짓을 하든 일체 개의치 않았다. 늘 최고급의 요리와 술이 떨어지지 않게 대주고 매선이 방에만 있으면 그걸로 거금 은자 천 냥을 벌 수 있기 때문이다.

 청성각에서는 그렇게 지난 보름 동안 무려 은자 만오천 냥을 벌었다.

 그리고 십육 일째 아침에 예쁘장한 청년이 처음으로 방문을 열고 밖으로 나와 입을 뗐다.
"가겠소."

보름 동안 청성각에서 기녀 매선과 뒹굴거렸던 예쁘장한 청년은 반 시진 후에 대무영 앞에 앉아 있었다.

낙수천화 청성각에서 하남포구의 대무영이 있는 배까지는 일각이면 올 수 있는 거리다.

하지만 예쁘장한 청년은 혹시 있을지 모르는 미행 때문에 엄한 방향으로 한참 뱅뱅 돌다가 미행이 없다는 것을 확인한 후에야 배로 돌아왔다.

대무영이 반년 만에 돌아온 이후부터 무영단원들은 이 배를 무영선이라 부르고 있었다.

지난 보름 동안 무영선은 하남포구를 떠나 낙수 상류나 하류로 하릴없이 빙빙 돌다가 해질녘이면 하남포구로 돌아오기를 반복했었다.

겉으로 보기에는 그랬다. 하지만 실상 배 안에서는 아란과 청향을 제외한 다섯 사람이 실성한 것처럼 무술 수련에 여념이 없었다.

유조와 북설, 이반, 용구는 원래도 하루 종일 무술 수련을 했었지만 대무영이 돌아온 이후에는 직접 그에게 세세한 지도를 받으면서 예전보다 몇 배나 더 혹독하게 무술 수련에 임했다.

 원래 주고후는 배를 모는 것 외에는 하루 종일 구석에 웅크려 있었지만 대무영이 온 이후부터는 그 역시 눈에 불을 켜고 무술 수련에 온몸을 불살랐다. 대무영이 그에게 어떤 계기를 마련해 주었기 때문이다.
 대무영은 새벽에 동이 트기도 전에 식사를 하고 나면 유조와 북설, 용구, 주고후를 불러 앞에 나란히 세워놓고 네 사람이 그날 수련해야 할 것들을 각자에게 일일이 시범을 보이면서 가르쳐 주었다.
 대무영이 자신의 무공을 가르치는 것이 아니라 그들 각자의 무공을 세밀하게 분석하고 정리해서 가장 핵심적인 정수(精髓)만 짚어주는 것이다.
 그러면 그때부터 그들은 그날 하루 종일 죽어라고 그것만 수련했으며 다음 날에는 또 다른 과제가 주어졌다.
 대무영이 매일 가르치는 것은 하나의 초식도 하나의 변화도 아니라 그저 한 동작일 뿐이다. 그는 하루에 한 동작만 가르친다.
 그 초식과 변화 안에서 가장 중요하다고 판단되는 몇 개의 동작으로 압축한 것이다.
 그러니까 나머지는 쓸데없는 동작이라는 뜻이다. 복잡하면서도 멋을 살린 초식과 변화가 사라지고 동작이 간명해지니까 그만큼 더 빨라질 수밖에 없다.

　무술에서의 최고는 강함이 아니라 빠름이다. 아무리 강한 위력을 지니고 있어도 느리면 아무런 소용이 없다.

　반대로 약한 위력이라고 해도 빠르기만 하면 그것으로 충분하다.

　적의 목숨을 끊는 것은 태산을 무너뜨리는 엄청난 위력이 아니라 급소를 찌르거나 벨 수 있을 정도의 약간의 힘이면 족하다.

　무영단원들은 그동안 몸에 밴 초식을 버리고 빠름을 수련하고 있는 중이다.

　지금은 무술 수련을 하는 시간이지만 예쁘장한 청년 이반이 낙수천화 청성각에서 보름 만에 돌아왔기 때문에 다들 식당에 모였다.

　"헤헤… 오랜만에 뵙겠습니다. 단주."

　이반은 대무영에게 공손히 포권을 하며 허리를 굽히고 나서 쑥스러운 듯 머리를 긁적였다.

　자기 혼자 청성각에서 보름 동안 최고기녀와 평생 여한이 없을 정도로 뒹굴다가 왔기 때문이다.

　그러나 대무영을 비롯하여 아무도 웃는 사람이 없고 오히려 돌처럼 굳은 표정이자 이반은 머쓱해졌다.

　무영단원들은 죽기 살기로 무술 수련을 하다 보니까 마음가짐과 몸가짐조차도 변해 버렸다.

예전의 흐물흐물하던 모습은 온데간데없고 다들 단단한 모습이 되었다.

원래 보름 전에 청성각에 가서 밤새 술을 마시고 은자 천 냥을 뿌렸던 두 사내는 이반과 용구였다.

그리고 이반 혼자 그곳에 남겨두고 용구는 돌아왔었다. 이반이 얼굴이 반반하고 세심한 성격이라서 그에게 중책을 맡긴 것이다.

또한 용구는 오로지 청향 한 여자만 바라보기 때문에 일체 딴짓을 하지 않는다.

대무영은 모두에게 앉으라는 손짓을 해보였다.

"여기 제가 본 것들을 자세히 기록했습니다."

이반이 품속에서 한 권의 두툼한 책자를 꺼내 공손히 대무영 앞에 내려놓았다.

이반을 청성각에 머물게 하자고 제안한 사람은 청풍루 습격의 제안자 주고후였다.

청성각 맞은편의 청풍루에 드나드는 자들을 감시하고 기록하기 위해서였다.

물론 청풍루에 드나드는 손님들은 제외다. 그 외의 인물들을 자세히 기록하라고 지시했었다.

그러기 위해서 이반은 하루 종일 창가에 붙어 있었다. 그와 동거했던 청성각 최고기녀 매선은 그에게 홀딱 빠진 터라 아무것도 묻지 않고 전적으로 도움을 주었다. 그리고 이반이 떠날 때는 눈이 빠지도록 울었다.

대무영은 이반이 내민 책자를 보지도 않고 옆에 앉은 주고후에게 밀어주었다. 이번 일은 전적으로 그에게 일임하고 있다는 뜻이다.

한동안 주고후가 책장을 넘기는 소리만 팔락팔락 실내를 잔잔하게 흔들었다.

그동안 대무영과 모두는 묵묵히 앉아서 주고후가 읽는 것을 끝내기를 기다렸다.

탁…….

이윽고 주고후가 책자를 덮었다. 그는 대무영을 향해 약간 틀어 앉으면서 말문을 열었다.

"이 기록에 의하면 청풍루의 호위무사 수는 약 삼십오 명. 청풍루주 측근은 다섯 명 정도인 것 같소."

"그러냐?"

대무영은 가볍게 고개를 끄떡였으나 다른 사람들은 적잖이 놀라고 또 믿기 어렵다는 표정을 지었다.

그것은 책자를 직접 작성한 이반도 마찬가지다. 그는 주고후가 시키는 대로 기록을 했지만 그렇게 자세한 것까지는 알지 못한다.

"그리고?"

대무영이 묻자 주고후는 막힘없이 대답했다.

"청풍루에서 돈은 매월 한 차례 닷새째 날에 마차를 통해서 나가는 것 같소."

"음."

"청풍루에 들어가는 물자는 전부 수레를 이용하는데, 유독 월초 닷새째 되는 날에 마차가 들어갔다가 한 시진 후에 나왔으며 어자석에 탄 자들과 말을 타고 뒤따르는 자들은 호위무사인 것 같소. 그러므로 이 마차에 마학사에게 가는 돈이 실려 있는 것이 분명하오."

책자에는 이반이 기록을 시작한지 아흐레째 되는 날, 그러니까 초닷새 날에 마차 한 대가 청풍루에 들어갔다가 한 시진만에 나왔다고 기록되었다.

"그러므로 청풍루를 습격하는 날은 다음 달 초나흘이 최적이라고 생각되오."

청풍루는 보천기집 휘하의 기루이므로 번 돈을 마학사에게 보낼 것이라는 예측에서 이 계획은 시작되었다.

주고후의 말인즉, 청풍루에서 한 달 동안 번 돈을 마학사에게 보내기 전날 밤에 습격하여 청풍루주를 비롯한 측근들을 제압, 또는 죽이고, 한 달 동안 모아놓은 돈을 탈취하자는 것이다.

그 직후에 대기하고 있는 낙랑채에 연락하여 청풍루에 들이닥치라고 한다는 계획이다.

"예전 해란화의 하루 순수입이 은자 오십만 냥이었소. 그러므로 같은 규모인 청풍루도 그 정도일 것이오. 그렇게 한 달 동안 모아두었으면 족히 은자 천만 냥에서 천오백만 냥은 될 것이오."

"음⋯⋯."

"맙소사⋯⋯."

은자 천만에서 천오백만 냥이라는 말에 이반과 용구, 유조는 대경실색하여 자신들도 모르게 탄성을 흘렸다.

아란과 청향도 주방에서 점심식사를 준비하고 있다가 그 말을 듣고 놀란 얼굴로 이쪽을 쳐다보았다.

무영단원들은 마른 침을 삼키면서 대무영을 쳐다보며 그가 결정을 내리기를 기다렸다.

은자 천만 냥에서 천오백만 냥의 묵직한 무게가 모두의 마음을 누르고 있었다.

잠시 침묵이 흘렀다. 대답을 미룰 일도 아닌데 대무영은 팔짱을 끼고 심각하게 생각에 잠겨 있다.

하지만 다들 그가 머릿속으로 다시 한 번 계획을 검토하는 것이며 곧 결정을 내릴 것이라고 생각했다.

"계획을 변경하자."

그런데 일 다경쯤 흐른 후에 대무영 입에서 나온 말은 모두를 깜짝 놀라게 만들었다.

모두들 주고후의 계획 이상의 것은 없다고 확신했고, 그것을 북설이 대표로 항의하듯 언성을 높였다.

"조장, 대체 어떻게 계획을 변경한다는 거야?"

"하루 늦춘다."

"하루?"

북설은 다른 무영단원들 얼굴을 쳐다보았다. 모두들 만면에 어이없는 표정을 가득 떠올리고 있다.

"조장! 도대체… 은자 천만에서 천오백만 냥을 포기하자는 거야? 하루 늦추면 마차가 떠나는 날이잖아."

"북설, 무영가 말씀을 들어봐요."

북설이 벌떡 일어서며 목에 핏대를 세우고 따지려 들자 뜻밖에 유조가 냉정한 목소리로 그녀를 제지했다.

그제야 북설은 정신이 번쩍 들었다. 그녀는 대무영이 절대로 허튼소리를 하지 않는다는 것을 잘 알고 있지만 방금 전에는 너무 흥분해서 잠시 이성을 잃었던 것 같다. 그녀는 대무영을 바라보며 입맛을 다셨다.

'조장을 제일 잘 알고 있는 내가 왜 이렇게 설레발을 피우는 거야? 젠장.'

대무영은 모두의 시선을 한 몸에 받으며 조용한 목소리로 입을 열었다.

"낙수천화에는 보천기집의 기루가 청풍루 하나만이 아닐 것이다."

모두들 움찔 놀라는 표정을 지었다. 거기에 대해서는 아무도 생각해 본 적이 없었다. 하지만 대무영의 말을 들어보니까 이치에 맞았다.

장강 이북 최대의 홍등가인 낙수천화에는 수백 개의 기루가 밀집해 있다.

그런데 마학사의 보천기집 휘하의 기루가 낙수천화에 청풍루 하나만 있다는 것은 말이 안 된다.

그런데 대무영이 왜 지금 이 자리에서 그런 말을 하는지 이유를 알 수가 없었다.

"청풍루에서 초닷새에 돈을 보낸다면 낙수천화에 있는 보천기집의 다른 기루들도 그날 돈을 보낼 것이다."

북설과 유조 등은 고개를 힘껏 끄떡였다. 거기까지는 생각한 적이 없지만 당연히 그럴 것이다. 하지만 그때까지도 대무영의 의도를 짐작조차 하지 못했다.

"그 돈들은 한곳에 모여서 옮겨질 것이다. 우리가 할 일은 그것을 모조리 터는 것이다."

"아!"

"오… 그렇군요!"

탄성을 터뜨리지 않는 사람이 없었으며, 모두 일제히 자리를 박차고 일어섰다.

오죽하면 탁자에 점심식사를 나르던 아란과 청향도 할 일을 잊은 채 감탄을 금치 못했다.

"그게 얼마일지는 모르지만 그걸 턴 직후에 청풍루를 급습하는 게 좋겠다."

"백 번 천 번 지당한 말씀이야 조장!"

"최고의 계책이오. 단주."

대무영은 묵묵히 앉아 있는 주고후를 쳐다보았다.

"고후, 네 생각은 어떠냐?"

주고후는 심각한 표정으로 입을 굳게 닫고 있었다.

대무영과 중인은 주고후의 얼굴을 보며 찜찜해졌다. 자신들이 모르는 무슨 문제가 있는 것인가 라는 생각이 들었기 때문이다.

"난 빠지겠소."

주고후는 심드렁하게 말하고는 구석으로 걸어갔다.

북설이 빽 소리쳐서 그를 잡았다.

"고후! 너 죽고 싶어? 도대체 왜 그래?"

주고후는 뒤돌아보면서 흉측한 얼굴을 일그러뜨렸다.

"빌어먹을! 단주 머리가 나보다 더 좋으면 나는 할 일이 없잖아."

모두들 맥 빠지는 표정을 지었고, 북설이 소매를 걷어붙이며 주고후에게 달려갔다.

"저 자식을 당장 죽여 버리고 말겠어!"


무영선은 하남포구에서 하류로 내려가 언사현 인근의 기슭에 정박해 있다.

다음 달 초닷새까지는 아직 여유가 있으므로 무영단원들은 그때까지 무술 수련에 총력을 기울이고 있는 중이다.

대무영은 선창의 일 층과 이 층에 한 명씩 분산되어 무술 수련을 하고 있는 무영단원들을 한 명씩 돌아보면서 지도를 하고 있다.

그는 북설과 유조, 용구, 이반을 다 둘러보고 마지막으로 선창 이 층 구석 쪽으로 향했다.

선창 이 층은 원래 전체가 한 칸으로 트여 있었으나 지금은 반을 막아서 북설과 주고후가 절반씩 사용하고 있다.

주고후는 예전부터 무술이 신통치 않았으며 외팔이에 얼굴이 흉측하게 일그러진 이후부터는 아예 무술 수련 자체를 하지 않고 자포자기 상태로 살았다.

만약 대무영이 주고후에게 그 신기한 물건을 주지 않았다면, 그래서 그의 관심을 끌지 못했다면 그는 지금까지 아무것도 하지 않았을 것이다.

선창 이 층은 창이 없기 때문에 대낮에도 불을 켜놓는데 그렇게 해도 어두컴컴하다.

끼이…….

대무영은 주고후가 있는 방의 문을 열고 들어섰다. 실내는 칠흑처럼 캄캄해서 코끝조차 보이지 않았다.

순간 그는 무언가 자신의 얼굴을 향해 쏘아오는 것을 감지했다.

일말의 음향도 나지 않았으며 오른쪽 이 장 거리 허공에서 마치 심연 속에서 흑어(黑魚) 한 마리가 몸을 뒤채듯 흐릿한 검은 빛 흑광이 한 차례 번뜩였을 뿐이다.

그는 그것이 무엇인지 알아차리고 반사적으로 상체를 슬쩍 비틀었다.

팍!

그러자 그의 뒤쪽에서 뭔가가 나무 벽에 꽂히는 소리가 들렸다.

실내는 칠흑 같은 어둠이지만 대무영에게는 아무런 장애도 되지 못한다.

그는 주고후가 실내의 오른쪽 구석에 우뚝 서 있는 것을 발견했다.

주고후는 대무영을 물끄러미 쳐다보면서 이상야릇한 미소를 지어 보였다.

미소라고 해봤자 짓이겨진 입술을 씰룩이며 흰 이빨을 조금 드러내는 정도다.

츳―

주고후가 손목을 까딱하자 대무영 뒤쪽 나무 벽에 꽂혔던 무엇인가가 뽑혀서 그의 수중으로 돌아갔다.

"잘되고 있느냐?"

주고후는 이빨을 조금 더 드러냈다.

"후후… 이거 보면 볼수록 마음에 드는 놈이오."

"방금 그거 어떻게 한 거냐?"

대무영은 들어서는 자신을 공격한 것에 대해서는 가타부타 언급하지 않고 다른 것을 물었다.

즉, 방금 뒤에 꽂혔던 것을 어떻게 그리 간단히 회수한 것이냐는 뜻이다.

"이거요."

주고후가 흰 이를 드러내고 팔을 들어 올려 손목을 빙빙 돌리니까 허공에서 흑광이 번뜩이면서 큰 원을 그렸다. 그런데도 파공음은 일체 나지 않았다.

대무영은 허공에서 큰 원을 그리면서 돌고 있는 흑광과 주고후의 손목에 가느다란 푸른 실이 연결되어 있는 것을 발견했다.

주고후는 동작을 멈추고 손목을 보여주었다.

"단주가 준 망사린에 강은사(鋼銀絲)를 연결했소."

대무영은 자신이 갖고 있던 이무기의 비늘, 즉 망사린 열두 개를 주고후에게 주었었다.

망사피로 동이검의 검초를 만들고 나서 남은 망사린으로 암기를 하려고 했던 것인데 아낌없이 주고후에게 주었고 그는 예상했던 것 이상으로 좋아했다.

그리고 그때 이후 한시도 쉬지 않고 망사린 날리는 방법을 연구하고 또 수련했었다.

그런데 주고후는 거기에서 한 걸음 더 나아가 망사린에 강은사를 연결시킨 것이다.

"처음에는 이 귀한 것을 잃어버릴까 봐 병기전에 가서 망사린에 강은사를 연결해 달라고 요구했소."

하나뿐인 주고후의 눈이 득의함으로 번들거렸다.

"흐흐흐… 망사린 열두 개에 구멍을 뚫는데 병기전의 끌과 정들이 죄다 뭉그러져 버렸소."

끌과 정은 구멍을 뚫는데 사용하기 때문에 다른 쇠보다 훨씬 강하다.

그것들이 뭉그러질 정도면 망사린이 얼마나 단단한지 미루어 짐작할 수 있을 터이다.

"그런데 강은사를 연결하고 보니까 좋은 점이 하나둘이 아니오. 부지런히 수련해서 나중에 단주에게 보여줄 테니까 기대하시오."

주고후의 상의 앞섶이 벌어져 있는데 허리에 검은 가죽으로 만든 띠를 두르고 있는 게 보였다.

대무영이 손을 뻗어 앞섶을 슬쩍 들추자 주고후는 더 잘 보이게 하려고 허리를 내밀었다.

가죽 허리띠에는 일렬로 열한 개의 망사린이 위의 뭉툭한 부분만 남긴 채 꽂혀 있었다.

"망사린 각각에 다 강은사가 연결되어 있느냐?"

주고후는 손에 쥐고 있는 망사린을 허리띠 맨 끝의 비어 있는 곳에 꽂았다.

"그렇소. 강은사는 도검으로도 잘라지지 않으니까 망사린을 잃어버릴 염려는 없소."

대무영은 자신이 준 열두 개의 망사린으로 주고후가 이처럼 신바람이 난 것을 다행이라고 생각했다.

# 第五十四章
강상혈전 (江上血戰)

칠월 초닷새 날 밤. 신안포구(新安浦口).

하남포구에서 하류 쪽으로 오 리 정도 거리에 위치해 있는 곳이 신안포구다.

하남포구가 워낙 크게 번성을 누리다 보니까 지척에 있는 신안포구는 거의 빛을 못 보고 고기잡이배들만 드나드는 작은 규모의 포구로 전락해 버렸다.

우두두둑—

어둠을 뚫고 검은 마차 한 대가 신안포구 내로 묵직하게 들어서고 있다.

신안포구는 거의 고깃배들만 사용하고 있기 때문에 한밤중인 지금은 고깃배가 다 정박해 있고 인적이 거의 끊어진 상태다.

두두둑—

마차는 포구에 정박해 있는 고깃배들 사이 가장 큰 배 옆에 정지하고 뒤따르던 두 필의 인마도 멈췄다.

마차와 두 필의 말에서 네 명, 그리고 배에서 이십여 명의 경장 사내가 뛰어내리더니 마차 문을 열고 궤짝을 꺼내 배로 옮겨 싣기 시작했다.

궤짝은 매우 크고 무거워서 경장 사내 두 명이 양쪽에서 마주 들어야 할 정도다.

배에서 삼십여 장쯤 떨어진 관도 변의 큰 나무 뒤에 숨어서 대무영과 용구가 지켜보고 있다.

"용구, 하남포구로 돌아가는 즉시 무영선을 이쪽으로 끌고 와서 강상(江上)에서 대기하고 있게."

"알았네."

용구는 몸을 돌려 관도 반대쪽 하남포구를 향해 나는 듯이 달려갔다.

대무영은 낙수천화에 보천기집 휘하의 기루가 청풍루 말고 더 있을 것이며, 그 기루들이 똑같이 초닷새에 한 달 치 수

입을 같은 장소로 보낼 것이라고 추측했었다.

또한 그 추측이 맞는다면 그 이동수단은 배가 될 확률이 크다고 생각했었다.

첫째, 배는 큰 화물을 운송하기가 수월하고, 둘째, 안전하며, 셋째, 호위하는 고수들을 한 장소에 밀집하여 많이 태울 수 있기 때문이다.

대무영은 돈을 육로로 운송할 경우에 대비해서도 방법을 마련해 두었으나 그는 해로(海路) 쪽에 더 큰 비중을 두었고 결국 그 예상이 적중했다.

대무영이 지켜보고 있는 동안 도합 세 대의 마차가 도착하여 궤짝들을 토해냈고, 경장 사내들이 그것들을 일사불란하게 배로 옮겨 실었다.

대무영은 마차가 세 대가 왔기 때문에 낙수천화에 있는 보천기집의 기루가 세 곳이라고 생각하지 않았다.

청풍루는 상납할 액수가 워낙 많기 때문에 마차 한 대가 통째로 필요하지만, 다른 기루들은 상대적으로 액수가 적으므로 아마도 네다섯 개 기루가 마차 한 대 분을 채우는 식이었을 것이다.

그렇게 보면 낙수천화에 있는 보천기집의 기루는 대략 열 개 정도일 것이다.

대무영이 봤을 때 궤짝 하나에는 은자 백만 냥 정도가 들어 있을 듯했다.

그렇다면 모두 서른두 개의 궤짝이 실렸으므로 은자 삼천이백만 냥이라는 얘기다.

'마학사의 돈줄을 말려 버린다면?'

돈 궤짝이 배에 실리는 것을 보고 나서 대무영은 문득 그런 생각이 들었다.

마학사가 쟁천십이류의 전신 장사로 돈을 벌면서도 또 보천기집을 운영하는 것으로 미루어 그는 돈에 환장한 것이 분명하다.

가장 고통스러운 일은 그 사람이 가장 소중하게 여기는 것을 빼앗는 것이다.

그렇다면 마학사에게서 돈을 뺏거나 보천기집을 없애버린다면 그는 지독한 고통을 맛보지 않겠는가.

촤아아…….

날렵한 무영선이 한 개의 돛을 활짝 펼치고 캄캄한 한밤의 강물을 헤치며 빠르게 쏘아가고 있다.

무영선이 가고 있는 방향 전방 이백여 장 거리에는 한 척의 제법 큰 배가 육중하게 낙수 하류로 향하고 있다.

무영선은 길이 칠 장 정도의 작은 축에 속하는데 앞선 배는 그보다 세 배 이상 더 컸다.

　무영선 앞 갑판에는 대무영과 무영단원들이 나란히 서서 전방의 배를 주시하고 있다.

　"지금 시각은?"

　"해시(밤 10시경)쯤 됐어요."

　대무영의 물음에 유조가 밤하늘의 별을 보면서 가늠하며 대답했다.

　"시작하자."

　"넵!"

　대무영의 명령에 용구가 뒤쪽으로 달려가서 돛 하나를 마저 더 펼쳤다.

　돛 두 개가 바람을 팽팽하게 받아서 부풀자 무영선은 지금까지보다 훨씬 빠른 속도로 쏘아가기 시작했다.

　앞선 배하고의 거리가 점점 가까워지자 무영단원들의 표정이 긴장으로 굳어지다 못해서 일그러졌다.

　대무영은 오십여 장 거리까지 가까워진 전방의 배에 시선을 고정시킨 채 중얼거렸다.

　"모두 내가 한 말 명심해라. 저 배에는 나 혼자 건너갈 테니까 너희들은 다 정리된 후에 와라."

　"걱정 마, 조장. 따라오라고 해도 안 가. 저놈들은 진짜 고수인데 우리가 죽으려고 환장했어?"

북설이 으스스 몸서리를 치며 고개를 가로저으니까 모두들 동감한다는 듯 고개를 끄떡였다.

 그때 큰 배 후미 쪽에서 몇 명의 경장 사내가 무영선을 발견하고는 이쪽을 가리키며 자기들끼리 뭐라고 대화를 주고받는 모습이 보였다.

 한밤중에 다른 배라고는 한 척도 없는 강상에서 자신들을 바짝 추격하고 있는 배를 발견했으니까 의심하지 않을 수가 없을 것이다.

 저 쪽 배에서는 사방을 경계하고 있으므로 무영선이 들키지 않고 접근할 수 있는 방법은 없다.

 무영선이 이십여 장까지 접근했을 때 저 쪽 배 후미에는 삼십여 명의 경장 사내가 모여들었다.

 하나같이 도검을 지녔으며 몸가짐과 행동거지가 평범한 무사로는 보이지 않았다.

 하긴 수천만 냥의 은자를 호위하는 중요한 일에 마학사가 일개 무사들을 투입하지는 않았을 것이다.

 배 후미에 모인 경장 사내만 삼십여 명이라면 배 전체로는 더 많은 자가 타고 있을 것이다.

 그러나 대무영은 걱정하지 않았다. 저 배에 있는 경장 사내들이 무사 수준은 아니겠지만 그렇다고 절정고수도 아닐 것이기 때문이다.

돈을 호위하는데 딱 적절한 수준의 고수들만 타고 있을 것이다. 그러면 걱정할 일은 아니다.

무영선은 큰 배 후미를 향해 충돌할 것처럼 빠르게 곧장 쏘아가고 있었다.

큰 배의 고수들은 무영선의 인원이 적은 것을 보고 그다지 경계하는 것 같지 않은 분위기다.

거리가 칠팔 장으로 가까워졌을 때 대무영이 난간 위에 우뚝 올라서서 명령했다.

"틀어라!"

그 순간 앞선 배의 후미로 돌진하던 무영선의 앞머리가 좌측으로 급격하게 방향을 틀었다.

탓!

그와 동시에 대무영은 두 발로 힘껏 난간을 박차고 큰 배를 향해 몸을 둥실 띄웠다.

처처척!

대무영이 독수리처럼 양팔을 활짝 벌리고 날아가고 있을 때 큰 배 후미 난간 아래쪽에서 느닷없이 십여 명의 경장 사내가 벌떡 일어섰다.

그런데 그들의 손에는 하나같이 활이 쥐어져 있었고 시위에 화살이 팽팽하게 채워져 있었다.

순간 대무영의 두 손이 번개같이 품속으로 들어갔다가 큰 배 후미를 향해 뿌렸다.

쉬이익!

양손에서 네 자루의 수리검이 빗살처럼 날아가 활을 쏘려는 십여 명 중에 네 명에게 꽂혔다.

투악!

대여섯 발의 화살이 대무영을 향해 발사될 때 그는 두 번째 수리검 네 자루를 재차 발출했다.

쉬익! 쉭!

그러나 세 번째 수리검은 던지지 못했다. 쏘아오는 화살을 상대해야 하기 때문이다.

스웅—

마치 용이나 한 번도 본 적이 없는 삼족오가 울부짖는 듯한 신비로운 음향과 함께 동이검이 뽑혔다.

투타닥—

그는 동이검을 휘둘러 자신을 향해 쏘아오는 화살들을 자르고 쳐내면서 큰 배의 후미로 내려꽂히면서 매화검법 이 초식 채운탈혼을 전개했다.

슈아악—

동이검에서 홍, 청, 흑, 황 네 가지 색이 섞인 한줄기 검풍이 뿜어졌다가 돌연 네 개의 빛으로 확 퍼지면서 적 네 명의 머리와 가슴, 몸통을 그대로 꿰뚫었다.

퍼퍼퍽!

그의 예상이 맞았다. 적들은 고수급이었으나 단지 고수일 뿐 그 이상은 아니었다.

적진 한가운데 갑판에 내려섰을 때 그는 이미 적 열두 명을 거꾸러뜨린 상태다.

그런데도 적들은 겁도 없이 사방에서 그를 향해 도검을 휘두르며 합공을 해왔다.

도망치지 않고 제 발로 죽으러 덤벼들어 주니까 그야말로 대무영으로서는 고마울 따름이다.

그런 상황에서는 유운검법이나 매화검법 같은 초식을 전개할 필요까지도 없다. 그저 쇄도하는 적들을 닥치는 대로 베고 찌르면 된다.

사악— 스삭—

원래 도검이 뼈와 살을 베면 둔탁한 소리가 나게 마련인데 동이검은 그저 미풍 같은 소리만 내면서 사방에서 몰려드는 적들을 거침없이 찌르고 벴다.

쉬악!

그가 적 한 명의 정수리를 향해 동이검을 베어가고 있는데 그자는 마침 수중의 도를 들어 올리는 자세를 취하고 있다가 급히 가로로 막았다.

순간적으로 대무영은 동이검이 도와 부딪치면 칼날에 흠

이 생길지도 몰라서 거두어야 한다고 생각했으나 그러기에는 이미 늦었다.

카각!

"끅!"

그런데 동이검이 그대로 도를 수수깡처럼 자르며 적의 정수리를 쪼갰다.

'이것은……'

동이검이 그보다 훨씬 크고 두꺼운 도를 자르는데도 마치 종이를 자른 것 같은 느낌만 들었다.

그는 비로소 동이검이 말로만 듣던 명검일지도 모른다는 생각이 머리를 스쳤다.

쿵!

그때 후미 쪽에서 둔탁하고 묵직한 소리가 나면서 배가 멈칫 흔들렸다.

그리고는 대무영으로서는 전혀 예상하지 못했던 일이 벌어졌다.

무영선이 큰 배 후미를 들이받는 것과 동시에 북설과 유조, 용구, 이반, 심지어 주고후까지 흉흉한 표정으로 악다구니를 쓰면서 이쪽 배로 쏟아져 넘어오며 저돌희용(猪突豨勇) 무기를 휘둘러대고 있는 것이다.

대무영은 무영단원들에게 이 배로는 절대 넘어오지 말라

고 명령을 했었다.

그러니까 북설은 무서워서 얼씬도 안 하겠다고 대답했으며 다른 단원들은 힘차게 고개를 끄떡였었는데, 그게 다 헛소리였었다.

도대체 무영선은 어떻게 하고 다 이 배로 건너왔나 싶어서 대무영이 쳐다보니까 비스듬히 있는 무영선 후미에서 아란이 방향타를 굳게 잡고 있는 모습이 보였다. 이 작은 반란에 아란까지 합세를 한 것이다.

대무영이 동이검을 휘두르면서 자기를 쳐다보고 있는 것을 알고는 아란이 활짝 웃으면서 손을 흔들었다. 다들 소풍이라도 나온 줄 아는 모양이다.

무영단원들이 어차피 이 배로 건너온 것, 이제 와서 돌아가라고 하는 것은 더 위험할 수 있으므로 무리다.

한 가지 방법이 있다면 무영단원들이 다치거나 죽기 전에 적들을 빨리 해치우는 것뿐이다.

그렇게 생각하자 동이검이 지금까지보다 한층 빠르게 번뜩이기 시작했다.

또한 매화검법 중에서 가장 강력한 삼 초식 적멸산화가 전개되었다.

동이검이 움직이는 것은 육안으로 보이지도 않았다. 일렁이는 수면에 빛이 반사되는 것처럼 흐릿한 빛을 번뜩일 때마다 적이 한 명씩 거꾸러졌다.

예전에 대무영은 되도록 급소만을 고집했었는데 이제는 그런 습관을 버렸다.

급소를 찌르거나 베면 깨끗한 시체를 보존할 수 있지만, 깨끗한 시체든 참혹한 시체든 어차피 죽은 것이다. 죽음에 예의를 차릴 필요는 없다.

그때 대무영은 배의 중심부 쪽에서 수십 명의 경장 사내, 즉 고수들이 이쪽으로 쏟아져 오는 것을 발견했다. 갑판 아래 선창에 있던 고수들인 것 같았다.

힐끗 뒤돌아보니 무영단원 다섯 명이 적 세 명을 상대로 치열하게 싸우고 있는데 뜻밖에도 팽팽한 상황을 유지하고 있었다.

오 대 삼으로 무영단원들이 수적으로는 유리하지만 상대 세 명은 이류고수 수준이라서 걱정했는데 팽팽함을 유지한다는 것은 그동안 무영단원들의 혹독한 수련이 헛되지 않았다는 뜻이다.

그래도 무영단원들이 무사히 고수 세 명을 상대할 수 있을까 걱정이 됐으나 이대로 있다가는 적 수십 명이 몰려와서 무영단원들이 곤경에 빠질 것 같았다.

결국 대무영은 어쩔 수 없이 적 세 명을 무영단원들에게 맡기고 자신은 몰려오는 수십 명의 적을 향해 곧장 마주쳐나갔다.

대무영은 내상이 완전히 치유되지 않아서 몸 상태가 예전 같지 않았다.

그러나 동백촌에서부터 하루도 쉬지 않고 수련을 한 덕분에 실력이 어느 정도 증진되어 예전의 칠 할 정도 수준이라고 할 수 있다.

이 배에 있는 경장 사내들은 고수급이지만 쟁천십이류의 최하등급인 명협에는 미치지 못하는 수준이다.

그래도 수가 많아서 대무영은 감히 방심하지 못하고 매화검법을 전개하여 좌충우돌 전력을 다했다.

하기야 그는 지금까지 어떤 싸움이라도 대충 한 적이 없다. 호랑이는 하찮은 토끼를 사냥할 때에도 전력을 다한다고 하는데 그런 점에서 대무영은 맹수를 닮았다.

스사아악!

그는 싸울수록 동이검이 마음에 들었다. 전에는 그저 겉모양만 보고 괜찮은 검이라고 생각했었는데, 직접 사용해 보니까 장점이 한두 가지가 아니다.

우선 응답성이 매우 좋다. 많은 검을 사용해 보지 않아서 비교할 수가 없으니 얼마나 좋은지는 잘 모른다. 어쨌든 마음먹은 대로 검이 움직여준다.

어느 정도냐 하면 자신의 팔을 움직이는 것보다 더 신속하고 정확하게 반응한다.

 어떻게 해야지 하고 마음을 먹으면 동이검은 이미 실행을 하고 있는 중이다.

 둘째로는 절삭력이 뛰어나다. 아니, 흠 잡을 데 없을 정도로 완벽하다고 해야 한다.

 현재로써는 형태를 갖춘 것 중에서 동이검이 벨 수 없는 것은 없을 듯하다.

 셋째, 견고하기 이를 데 없다. 그 무엇과 부딪쳐도 여지없이 잘라 버린다.

 계속 사용하면 좋은 점들이 더 나타나겠지만 현재까지는 그 정도다.

 삭…….

 대무영은 앞으로 한 걸음 짧게 내디디면서 적의 목젖을 살짝 그었다.

 그자가 목에서 피분수를 뿜으며 휘청거릴 때 대무영은 빙글 몸을 회전하면서 두 명을 더 베고 있었다.

 이 배의 갑판 아래 선창에 도대체 얼마나 많은 고수가 있었는지 모르지만, 그가 싸우고 있는 중에도 고수들이 계속 꾸역꾸역 몰려들었다.

 그는 세 걸음 이상 전진할 수가 없게 되었다. 겹겹이 포위를 당했으며, 계속 죽이는데도 포위망은 더 견고해졌고 적들은 더 많아지는 것 같았다.

"무영아!"

그때 아란의 다급한 외침이 들렸다.

하지만 그가 있는 곳에서는 선실에 가려서 무영선의 방향타를 잡고 있는 아란의 모습이 보이지 않았다.

그녀의 외침으로 미루어 돌발 상황이 벌어진 듯하니 확인해야만 한다.

탓—

그는 수직으로 솟구치며 아란이 있는 곳을 쳐다보았다.

아란은 선실 위로 솟구친 대무영을 발견하고 다급한 표정으로 어딘가를 가리켰다.

"무영아! 저길 봐!"

아래로 하강하기 전에 대무영은 그녀가 가리킨 곳을 쳐다보다가 움찔했다.

강에서 어둠을 뚫고 두 척의 배가 이쪽으로 빠르게 다가오고 있는 것이 보였다. 그리고 그 배에는 수십 명의 경장고수가 득실거렸다.

'함정인가?'

순간적으로 그런 생각이 들었다. 하지만 곧 부정했다. 이 일은 무영단밖에 모르기 때문이다. 그러므로 마학사가 함정을 팠을 리가 없다.

그렇다면 저 두 척의 배는 돈을 운송하는 배를 암중에서 호위하는 또 다른 호위대일 것이다.

마학사는 백무일실 완벽을 추구하는 놈이니까 충분히 그러고도 남는다.

쿵!

"설아! 모두 배로 돌아가서 멀리 도망쳐라!"

그는 바닥에 내려서며 무영단원에게 외쳤다.

"조장! 우리는 충분히……."

"개소리 말고 당장 돌아가!"

그는 미친 듯이 동이검을 전후좌우로 휘두르면서 더 미친 듯이 악을 썼다.

북설의 항변은 더 이상 들려오지 않았다. 그녀와 무영단원들은 대무영이 방금처럼 악을 쓰고 또 욕을 하는 것을 들은 적이 없었다. 그렇다는 것은 지금 상황이 매우 절박하다는 뜻이다.

북설과 무영단원들은 자신들과 싸우던 세 명의 고수를 모두 죽이고 대무영을 도우려고 하던 참이었다.

그들은 무영선으로 건너가려고 하다가 비로소 두 척의 배가 어둠 속에서 괴물처럼 나타나고 있는 광경을 발견하고 깜짝 놀랐다.

그제야 비로소 대무영이 악을 쓰면서 자신들에게 배로 돌아가라고 한 이유를 깨달았다.

"어서 옮겨 타라!"

북설은 무영선의 난간을 붙잡고 동료들이 건널 수 있도록 하면서 재촉했다.

용구와 이반, 유조 순으로 옮겨 타고 주고후 순서가 됐을 때 그는 갑자기 발로 힘껏 무영선을 밀었다.

"고후!"

북설이 짧게 외치면서 주고후의 뒷덜미를 잡자 그는 뿌리치면서 냉랭하게 말했다.

"어차피 이럴 생각 아니었느냐?"

그리고는 적들과 싸우고 있는 대무영 쪽으로 구르듯이 달려갔다.

"저 미친 새끼."

북설은 주고후의 뒷모습을 보며 욕을 내뱉고는 뒤질세라 그의 뒤를 따랐다.

"이야압!"

"멈춰."

북설이 대무영을 합공하고 있는 고수들을 향해 쌍검을 휘두르며 저돌적으로 돌진하자 주고후가 급히 그녀의 팔을 잡아당겼다.

"너 왜 그래?"

"죽으려고 환장했냐?"

주고후는 급히 북설을 선실 모퉁이 뒤쪽으로 끌고 갔다.

"북설 너 암기 갖고 있지?"

"있는데 왜……."

"우린 숨어서 놈들을 죽이자."

북설은 와락 인상을 썼다.

"왜 그래야 하는데?"

"너 단주 좋아하지?"

"이 자식이……."

북설은 움찔하며 얼굴을 붉히면서 주먹을 치켜들었다.

"나도 저 인간이 좋아졌다는 것을 부인하지 않겠다. 그러니까 저 인간하고 복수를 계속하면서 앞으로 좋은 꼴을 보고 싶으면 죽지 말고 살아 있어야 한다."

"……."

북설은 당황했다. 주고후가 물은 '대무영을 좋아한다'라는 의미가 이성 간을 뜻하는 줄 알고 순간적으로 화끈 달아올랐었는데 이제 보니 그게 아니었다.

"우린 각자 흩어져서 확실하게 은신한 후에 암기로 놈들을 죽이는 거다. 절대 놈들하고 정면으로 맞붙으면 안 된다. 그리고 들키지 마라."

"그… 그래, 알았다."

북설은 엉겁결에 고개를 끄떡이며 더듬거렸다. 내심을 조금 들킨 것 같아서 당황하기도 했으나 주고후의 말이 백 번 옳기 때문이다.

용감무쌍하면 뭐 하겠는가. 죽어버리면 말짱 황이다. 대무영하고 함께 끝까지 복수를 하려면 무슨 일이 있어도 살아남아야만 한다.

대무영은 꼼짝달싹 못하는 상황에 처했다. 싸움이 유리한가 불리한가의 문제가 아니다.

겹겹이 에워싼 포위망 때문이기도 하지만, 갑판에 시체가 너무 즐비하고 켜켜이 쌓여 있어서 걸음을 옮기는 것이 쉽지 않았다.

그는 지금까지 대략 오십여 명쯤 죽인 것 같았다. 거의 이동하지 않고 한 자리에서 그렇게 많이 죽였으니 그와 적들이 시체를 밟아 그야말로 아비규환이다.

더구나 배나 가슴이 갈라진 시체들에서 장기와 내장이 마구 쏟아져 나와 피와 뒤섞여서 바닥이 진흙탕처럼 질퍽거렸으며 역한 비린내가 진동했다.

그는 신형을 솟구쳐서 장소를 이동하려다가 문득 어떤 생각이 떠올라서 그만두었다.

자신이 시체들 때문에 불편하고 행동에 제약을 받고 있다면 적들도 마찬가지 상황일 것이라는 생각이 들었다.

그는 고강하니까 조금 귀찮은 것을 극복하면 그만이지만, 적들에겐 여간 성가신 것이 아닐 터이다.

그러므로 오히려 이 상황을 적절하게 자신 쪽에 유리하게 이용해 보자고 생각했다.

그렇게 생각하고 다시 보니까 과연 적들은 반경 이 장 이내에 집중적으로 즐비하게 깔린 시체 때문에 어찌할 바를 모르고 우왕좌왕하고 있었다.

공격하랴, 시체를 밟지 않으면서 중심을 잡으랴, 대무영의 공격에 당하지 않으려고 경계하랴 정신이 없었다.

더구나 이곳은 배의 갑판이라는 한정된 공간이다. 도망치려야 도망칠 수 없는 상황이며, 대무영이 이동하지 않는 한 물러날 수도 없다.

즉, 싸움의 열쇠는 대무영이 쥐고 있다는 뜻이다. 그는 또한 그것을 십분 이용하기로 했다.

슉!

그는 적 한 명의 목에 구멍을 뚫은 직후 동이검을 검초에 꽂았다.

십단금을 전개할 생각이다. 동백촌에서 일 성 정도 이루었는데 그동안 죽을힘을 다한 결과 현재 삼 성쯤 달성했다고 스스로 자평하고 있다.

이런 협소한 장소에서는, 더구나 시체들 때문에 운신이 자유롭지 못할 때에는 긴 동이검보다는 십단금이 훨씬 효율적일 것이라는 생각이 들었다.

십단금을 실전에서 본격적으로 사용한 적은 없었기 때문에 과연 십단금 삼 성의 위력이 어느 정도인지 궁금했다.

지금까지 그가 익힌 수법은 세 가지로 와념수와 파결지(破抉指), 부쇄인(剖碎印)이라고 한다.

와념수는 일전에 절체절명의 순간에 주지화의 사저라고 하는 일편절 나운정의 오른발을 발목에서부터 사타구니까지 순식간에 훑은 적이 있었다.

파결지는 열 손가락으로 전개하는 지공(指功)이며 힘줄과 혈맥만을 끊고 도려내는 심오한 수법이다.

또한 그것은 예를 들어 팔이나 다리 따위를 가볍게 쳐서 전혀 다른 곳에 위치한 심장이나 간 따위 장기와 내장, 아니면 다른 중요한 부위의 혈맥과 힘줄을 끊거나 터뜨리는 놀라운 능력도 지니고 있다.

인체가 하나의 몸뚱이로 이루어져 있고, 혈맥과 힘줄로써 다 연결되어 있기 때문에 가능한 놀라운 수법이다.

즉, 팔이나 다리의 혈맥이나 힘줄을 건드리면서 일정한 기운을 주입하여 원하는 부위로 보내면 그 기운이 혈맥이나 힘줄을 타고 빠르게 이동하여 그 부위를 격타하는 것이다.

부쇄인은 온몸으로 적의 몸을 때려서 쪼개고 부숴 버리는 막강한 위력의 수법이다.

특히 부쇄인은 손이나 발, 손목, 무릎, 어깨 어느 부위로도 전개할 수 있다는 것이 특이한 점이다.

부쇄인을 전개하여 적의 몸을 격타하면 그 부위의 뼈가 쪼개지고 여지없이 박살 난다.

대무영은 이 세 가지 수법 와념수와 파결지, 부쇄인을 연마할 때 처음에는 단단한 나무를 상대로 했었다.

그런데 점차 위력이 강해지다 보니까 나무가 견뎌내지 못해서 그 다음에는 돌로 바꾸었고, 현재는 쇠로 만든 철인(鐵人)을 상대로 연마하고 있는 중이다.

무영선 그의 침실 겸 수련실에 고정시켜 놓은 철인은 온몸이 곰보투성이에 긁히고 찢어진 흔적이다. 와념수와 파결지, 부쇄인이 그렇게 만들었다.

스웃…….

대무영은 몸을 가볍게 하여 시체를 딛고 올라섰다. 육중한 체구지만 체중을 십분의 일로 줄인 덕분에 몸이 가라앉지 않아서 적들보다 한 자 이상 위쪽을 점하여 공격에 유리하게 되었다.

슈슈슉—

그 상태에서 소나기처럼 쏟아지는 적의 수십 자루 도검 사이를 파고들며 처음에는 부쇄인을 전개했다.

이런 다수를 상대로 하는 싸움에서의 첫 번째 초식은 부쇄인이 단연 적격이다.

손과 발, 온몸을 사용해서 적의 몸을 슬쩍 건드리기만 해도 부숴 버릴 수 있기 때문이다.

호랑이는 배가 고플 때 사냥을 제일 잘한다. 대무영은 지금 마학사에 대한 복수심 때문에 한 달 이상 굶주린 호랑이의 처절한 심정인지라 그의 온몸에서 쏟아지는 부쇄인은 핏빛 한이 서려 있다.

투다탁… 퍼퍽… 뻐뻑…….

"큭!"

"컥!"

"흐악!"

그가 한줄기 회오리바람처럼 거세게 스치고 지나는 곳에서 둔탁한 음향과 답답한 비명 소리가 뒤섞여서 어지럽게 울려 퍼지며 순식간에 다섯 명의 적이 우르르 쓰러졌다. 과연 부쇄인의 위력은 대단했다.

그는 단지 손과 손목, 팔꿈치로 적들의 머리와 가슴, 어깨를 가볍게 툭툭 건드리며 지나칠 뿐인데도, 적들은 건드린 부위가 쪼개지고 부서져 버렸다.

더구나 두 손만 움직이는 것이 아니다. 그의 두 발은 시체를 딛지 않고 적들의 정강이를 걷어차고 무릎을 찍고 허벅지를 슬쩍 디디면서, 즉 적들을 밟고 차면서 종횡무진 전후좌우로 들쑤시고 다녔다.

그러면 그가 스쳐 지나간 자리에 적들이 정강이와 무릎과 허벅지가 박살 나서 그대로 주저앉고 말았다.

십단금은 과연 무당육기의 하나다웠다. 그리고 대무영의 눈은 정확했다.

그는 무당사절보다 한 단계 아래인 무당육기의 십단금을 원했었는데 다 그럴만한 이유가 있었다.

만약 그가 십단금을 극성으로 연마한다면 무당사절보다 더 막강한 위력을 발휘하게 될 것이다.

# 第五十五章
북금창

북설이 쪼르르 주고후에게 다가와 급히 속삭였다.
"암기가 떨어졌다."
"그럼 적당한 곳에 숨어 있어."
주고후는 선실 이 층에 납작하게 엎드린 자세에서 그녀를 쳐다보지도 않고 말했다.
그는 아래쪽 갑판에서 대무영을 포위하고 있는 포위망 바깥쪽의 고수들을 잔뜩 노리고 있었다.
"나더러 숨어 있으라고?"
북설은 어이없다는 표정을 지었다가 발끈했다.

"수리검 열 개로 두 명밖에 못 죽였어. 그 정도로는 성이 안 차니까 네 것 좀 내놔봐."

"이거 사용할 줄 아냐?"

"그게 뭐야?"

주고후가 쥐고 있는 망사린 하나를 보여주자 북설은 처음 보는 물건이라 눈살을 찌푸렸다.

때마침 주고후는 삼 장 거리에 적당한 먹잇감을 발견하고는 상체를 조금 일으켜 오른손을 한껏 뒤로 젖혔다가 힘껏 망사린을 쏘아냈다.

북설은 그가 쏘아낸 망사린을 보지 못했다. 그래서 그가 던지는 시늉만 한 것이라고 생각했다.

"끅!"

그런데 갑판의 포위망 바깥쪽에 서 있던 고수 한 명이 갑자기 답답한 신음을 터뜨리며 상체를 휘청거렸다.

"어?"

북설이 놀라서 눈을 크게 뜨고 상체를 일으키며 똑똑히 보려는데, 주고후는 손에 감고 있던 강은사를 낚아채듯이 잡아당기며 급히 속삭였다.

"엎드려."

북설이 급히 선실 지붕에 엎드리는 순간 주고후는 되돌아온 망사린을 가볍게 잡았다.

착—

그가 손바닥을 벌려 보이자 피가 흠뻑 묻은 망사린 하나가 섬뜩한 빛을 발하고 있었다. 적의 뒤통수를 꿰뚫었기 때문이다.

북설은 눈을 동그랗게 떴다.

"그거……"

"이무기 비늘 망사린이다. 단주가 줬다."

"아……"

북설은 납작하게 엎드린 채 크게 감탄하며 망사린을 주시하다가 곧 탐나는 표정을 지었다.

"몇 개나 있는데?"

"열두 개."

"나 반만 줘."

주고후는 그녀를 쳐다보지도 않고 고개를 살짝 내밀어 아래를 살피면서 대수롭지 않게 말했다.

"나랑 잘 수 있어?"

"……"

북설의 얼굴에 복잡한 표정이 떠올랐다. 물론 그녀는 순결한 몸이 아니다.

험난한 세상을 살아오면서 때에 따라서는 자신의 몸을 밑천이나 수단으로 삼기도 했었다.

그래서 그녀는 순간적으로 몸 한 번 주는 것으로 신기하기 짝이 없는 망사린 여섯 개를 얻는다는 사실에 적잖은 구미가 당겼다.

까짓 눈 한 번 질끈 감으면 되는 것이다. 그러면 저 탐스러운 망사린인지 뭔지 하는 것 여섯 개가 내 것이 된다. 그런데 주고후 이 자식은 너무 흉측하지 않은가.

과연 이놈하고 그 짓을 할 수 있을까. 짧은 순간 그런 갈등이 피어났다.

그런데 주고후는 망사린을 다시 손에 쥐고 갑판 쪽에 먹잇감을 찾으려고 하나뿐인 눈알을 굴리면서 이빨을 드러내고 히죽 웃었다.

"킬킬… 농담이다. 네 몸뚱이 백 번 준다고 해도 망사린 하나하고 바꾸겠냐?"

"이 새끼."

뻑!

"큭!"

북설은 그에게 농락당했다는 생각에 다짜고짜 주먹으로 그의 턱을 갈기고 벌떡 일어나 뒤쪽으로 뛰어내렸다. 농담한 것 가지고 자신은 혼자서 끙끙거렸으니 평소 같으면 주고후를 죽여 버렸을 것이다.

"으으… 저 년이… 흐익?"

주고후는 얼얼한 턱을 쓰다듬으면서 상체를 일으키다가

소스라치게 놀랐다.

　갑판의 포위망 바깥쪽에서 암습자를 찾으려고 주위를 두리번거리고 있는 세 명의 고수에게 발각되고 만 것이다. 이건 순전히 북설 때문이다.

　주고후는 재빨리 데구르르 뒤쪽으로 굴러 선실 아래로 몸을 날렸다.

　주고후는 세 명의 고수에게 쫓겨 배를 빙빙 돌면서 숨바꼭질하듯이 도망을 다녔다.

　그러다가 결국 막다른 곳에 이르러 더 이상 도망치지 못하고 멈추었다.

　배의 앞쪽인데 살려면 강물로 뛰어들어야 할 판국이다. 그러나 그는 헤엄을 못 치는데다 팔이 하나뿐이라서 강물로 뛰어드는 것은 자살행위나 다름이 없다.

　"헉헉헉……."

　"이 자식. 네놈이 몰래 숨어서 동료들을 죽인 놈이구나."

　주고후는 도망치면서도 줄곧 손에 움켜쥐고 있던 망사린 하나를 손 안에서 밀어 손가락 사이에 잡으며 거칠게 숨을 헐떡였다.

　그는 망사린을 한 번에 하나씩 밖에 던지지 못한다. 아직은 그 정도까지 수련한 상태다. 그러나 상대는 세 명이다.

더구나 망사린 하나를 정면에서 던져 한 명을 제대로 맞춘다는 보장도 없다.

지금까지는 몰래 숨어서 고수들의 뒤쪽에서 공격했으므로 추호의 기척을 내지 않는 망사린의 적중률이 높았었지만 지금은 아니다.

정면에서 뻔히 보고 있는데, 더구나 자신을 죽이려고 살기등등해서 다가오는 자들을 향해 망사린을 던져내서 맞출 자신이 없다.

'죽더라도 끝까지 한 놈은 데리고 간다.'

그러나 어느덧 세 명의 고수가 일 장 거리로 가깝게 다가오고 그중 앞장선 자가 수중의 검을 들어 올리며 공격할 자세를 갖추자 주고후는 이를 드러내며 외눈에서 독한 눈빛을 뿜어냈다.

쉬이익!

주고후는 앞선 고수가 자신의 정수리를 향해 맹렬하게 검을 내리긋는 것을 보면서 상체를 오른쪽으로 기울여 쓰러지며 수중의 망사린을 있는 힘껏 던졌다.

팍!

주고후는 몸이 바닥에 둔중하게 닿는 순간 망사린이 고수의 목 한가운데에 꽂히는 것을 똑똑히 보았다.

"이 자식!"

순간 뒤쪽 두 명의 고수가 동시에 주고후를 향해 도검을 휘두르며 짓쳐왔다.

 주고후는 쓰러져 있는 자세에서, 더구나 망사린이 앞선 고수의 목에 꽂혀 있는 상황에서는 어떻게 해볼 재간이 없어 고스란히 당할 수밖에 없는 처지다.

 '젠장… 결국 이렇게……'

 뻐뻑!

 "끅!"

 "컥!"

 그가 질끈 눈을 감으려는데 공격하던 두 명의 고수가 갑자기 비명을 터뜨리며 그의 몸 위로 횡 바람 소리를 내며 날아가는 것이 아닌가.

 그리고 그는 방금 고수들이 서 있던 자리에 대무영이 천신처럼 우뚝 서 있는 것을 발견했다.

 "단… 주……."

 "괜찮으냐?"

 대무영이 손을 내밀자 저승 문턱에 한쪽 발을 들이밀었던 주고후는 멍하니 그를 바라보다가 감격에 부르르 몸을 떨며 손을 마주잡았다.

 "끙… 괜찮은 것 같소."

 배의 갑판은 곳곳이 피가 흥건해서 걸으면 발목까지 핏물에 잠길 정도였다.

 대무영과 무영단원들이 두 시진에 걸쳐서 죽인 적의 수는 무려 백삼십여 명이었다.

 갑판에 죽어 있는 시체 수만 센 것이니까 죽어서 강물에 떨어진 자들까지 치면 족히 백오십 명은 될 터이다.

 그중에 주고후와 무영단원이 십여 명을 해치웠으니 대무영 혼자서 백사십여 명을 주살한 것이다.

 대무영은 돈 운반선의 적을 단 한 명만 남기고 모두 죽였다. 살려서 제압한 자는 운반선의 책임자다.

 대무영은 일단 상황을 정리하기 위해서 네 척의 배를 모두 으슥한 강가에 정박시켰다. 운반선 본선과 호위선 두 척, 그리고 무영선까지 네 척이 강에서 움푹 들어간 작은 호수 같은 곳에 나란히 정박했다.

 아무도 없는 빈 배가 세 척이나 강 위에 둥둥 떠다니면 누구라도 의심할 것이기 때문에 어떻게든 처리를 해야지만 다음 행동으로 옮길 수가 있다.

 일단 강가에 크고 깊은 구덩이를 파서 그곳에 시체를 다 쓸어 넣고 묻어버렸다.

 그 사이에 아란과 주고후가 강물을 퍼서 피가 흥건한 갑판의 피를 닦아내고 있었다.

 청향은 도와주고 싶은 마음은 굴뚝같지만 워낙 심성이 착하고 여려서 진동하는 피 냄새에 계속 토하기만 하다가 얼굴이 해쓱해져서 무영선 자신의 방에 이불을 뒤집어쓰고 눕고 말았다.

대무영은 운반선 책임자를 심문하기 전에 그자의 얼굴에 조그만 자루를 씌웠다.

아무것도 보이지 않은 상태에서 고문을 하면 더 겁을 집어먹을 것 같다는 생각이 든 것이다.

"두 가지 길이 있다."

책임자의 심문은 대무영이 직접 했다. 그는 혈도가 제압되어 꿇어앉혀진 책임자 앞에 의자를 놓고 앉아서 조용한 목소리로 말했다.

"협조하면 살려줄 것이며 은자 백만 냥을 주겠다. 그러면 너 가고 싶은 대로 가서 조용히 살아라. 하지만 반대의 경우에는 고통을 당한 후에 알고 있는 모든 것을 실토하게 될 것이고, 최후에는 죽음을 당할 것이다."

책임자 뒤에 서 있는 주고후가 품속에서 한 자루 단검을 꺼내서 차가운 칼날을 책임자의 목에 대면서 으스스한 목소리로 설명했다.

"나는 이놈이 눈알 하나를 파내는 즉시 실토한다는데 백 냥을 걸겠다."

용구가 그 말을 받았다.

"나는 이 자식이 눈알 두 개를 파고 코와 귀를 자르는 것까지는 견딜 것이라고 생각한다. 하지만 입을 찢어버리면 별 수 없이 실토한다는데 이백 냥을 걸겠다."

북설아 자루를 뒤집어 쓴 책임자의 머리에 손을 얹으며 카랑카랑한 목소리로 뒤를 이었다.

"흥! 사내자식이라면 어느 누구라도 그 정도는 견딜 수 있을 것이다. 나는 이놈이 손가락 열 개와 발가락 열 개를 모두 자르는 것까지도 견딜 것이라고 본다. 그 다음에 양팔과 양 다리를, 그리고 음경을 자를 때에야 비로소 술술 토해낼 거라고 예상한다. 거기에 오백 냥을 걸겠다. 어때? 더 걸 놈 없나?"

책임자는 아무것도 보이지 않는 상황에서 자신의 전후좌우에서 눈알을 뽑아내고 팔다리와 음경을 자른다는 얘기를 하며 돈내기를 하자 자신도 모르게 부들부들 온몸을 떨어대기 시작했다.

책임자 앞에 팔짱을 끼고 바짝 다가선 이반이 발끝으로 그 자의 사타구니를 툭툭 찼다.

"까짓 음경 하나 없으면 어때? 고자로 살면 되지 뭐. 사내자식이라면 그 정도는 너끈히 참는다. 하지만 이놈이 살아 있는 상태에서 배를 가르고 창자를 빨랫줄처럼 줄줄 꺼내고 나서 간하고 허파, 심장을 하나씩 꺼내는 것까지는 참지 못할 것 같아. 아아… 나는 이놈이 거기까지 견딘다는 것에 천 냥을 걸겠어."

마지막으로 대무영이 일부러 의자가 삐걱거리는 소리를 내며 뒤로 물러앉았다.

"대답이 없는 걸 보니 후자를 선택할 모양이다. 그럼 슬슬 시작해라."

순간 책임자가 피를 토하듯이 악을 썼다.

"무, 무엇이든 말하겠다! 돈도 필요 없다! 살려만 다오!"

　　　　*　　　*　　　*

칠월 중순의 찌는 듯이 더운 한낮의 황하.

길이 이십여 장, 폭 오 장여, 삼 층짜리 두 개의 선실과 커다란 세 개의 돛을 지닌 육중한 배 한 척이 황하의 누런 물살을 가르고 있다.

이 배는 신안포구에서 은자 삼천이백만 냥을 싣고 출발했던 바로 그 운송선이다.

지금 이 배에는 대무영과 북설, 유조, 용구, 이반, 그리고 책임자까지 도합 여섯 명이 타고 있다.

책임자는 마학사의 대천계 휘하 다섯 번째 등급인 번계의 오번계주(五番界主)라고 자신의 신분을 밝혔다.

지난번에 청풍루에서 두 다리를 자르고 제압했던 호위대주는 팔번계주였고, 그가 대천계 조직체계에 대해서 알고 있는 것들을 실토했었다.

운송선의 총책임자 오번계주는 어젯밤에 자진해서 여러 가지 사실을 실토했는데, 그중에 대무영의 귀를 솔깃하게 만드는 매우 중요한 사실이 하나 있었다.

오번계주의 임무는 매월 낙양 낙수천화에 와서 보천기집 휘하인 청풍루를 비롯한 열 개의 기루에서 한 달 동안 번 돈을 수금하는 일이라고 했다.

그런데 오번계주와 같은 일을 하는 번계주가 세 명 더 있는데 이, 삼, 사번계주라는 것이다.

그들 세 명의 번계주는 오번계주처럼 자신들이 맡은 각 지역에서 매월 수금을 한다.

북경 지역의 수금액이 가장 많고 그 다음이 낙양 낙수천화, 그리고 산동 지역, 산서 지역 순이며 매월 수금하는 평균액은 은자 이천만 냥이라고 했다.

그리고 그 돈들은 일제히 한곳으로 운송되어 보관되며 그곳을 북금창(北金廠)이라고 한다.

장강을 중심으로 이북에는 북금창이, 이남에는 남금창이 있으며 그 두 곳이 보천기집에서 수금한 돈이 집결하는 곳이라는 것이다.

그 말을 듣고 대무영은 귀가 번쩍 뜨여 원래의 계획을 변경하기에 이른다.

즉, 북금창을 급습하여 그곳의 재물을 깡그리 털어서 마학사에게 결정타를 한 방 먹이자는 것이다.

북금창에 어느 정도의 재물이 모여 있는지 오번계주는 알지 못했다.

그와 다른 번계주들은 단지 수금해 온 돈을 북금창에 전달해 주고 각자의 소속으로 돌아가는 것으로 임무가 끝나기 때문이다.

그러나 한 가지 다행스러운 일이 있다. 오번계주가 북금창 내부지리와 그곳을 지키는 고수들에 대해서 어느 정도 알고 있다는 사실이다.

그곳이 북금창이며 막대한 재물이 쌓여 있는 장소라는 사실을 은폐하기 위해서, 돈을 수금해 온 배들은 강에서 곧장 북금창 안으로 진입하게 설계되어 있다고 한다. 그래서 내부지리를 알 수 있는 것이다.

또한 북금창을 지키는 고수들은 대천계의 세 번째 등급인 황계 휘하의 세 개의 계, 철황계(鐵荒界), 비황계(飛荒界), 광황계(光荒界)라고 했다.

쏴아아…….

새벽녘에 낙수를 출발한 운송선은 정오 무렵에 황하에 들어선 이후 지금까지 줄곧 하류를 따라 서쪽으로 향하고 있는 중이다.

출발하기 전에 운송선에 있던 낙수천화의 수금액 은자 삼천이백 냥은 무영선으로 옮겨 실었다.

운송선을 호위하던 두 척의 배는 시체를 묻었던 곳 근처의 강기슭에 그냥 놔두고 무영선만 끌고 하남포구로 돌아가서 꼼짝하지 말고 있으라고 지시했다. 무영선에는 아란과 청향, 주고후가 있다.

결국 대무영은 계획을 바꾼 셈이다. 청풍루를 급습하는 것은 아무 때라도 할 수 있으며, 북금창을 터는 것이 먼저라고 판단한 것이다.


대무영과 북설, 유조, 용구, 이반 다섯 명은 배의 후미에 모여서 대화를 나누고 있다.

"이번만큼은 내 말에 잘 따라줘야 한다."

대무영은 이곳까지 오는 동안 곰곰이 생각했던 계획에 대해서 말하려는 참이다.

방금 그의 말은, 운송선을 공격할 때 무영선에 가만히 있으라는 말을 어기고 무영단원들이 싸움에 가담한 것을 가리키는 것이다.

그러자 용구와 이반, 유조가 북설을 쳐다보았다. 말은 하지 않았으나 그녀가 주동했다는 뜻이다.

북설은 발끈해서 주먹을 움켜쥐었다.

"이 자식들 치사하게, 내가 그러자고 말했을 때 너희들 전혀 반대하지 않았었잖아."

"그만 됐다."

대무영의 말에 북설은 유조와 용구, 이반을 한껏 노려보고는 대무영을 쳐다보았다.

"그래서, 계획이 뭐야?"

"북금창에는 나 혼자 들어간다."

"그럼 우리는?"

북설이 못마땅한 듯한 표정을 지었다. 하지만 자기도 따라가겠다는 말은 하지 못했다.

북금창에 마학사의 대천계에서 세 번째 황계의 고수들이 득실거린다는 사실을 알고 있기 때문이다.

북설과 무영단원들이 번계 고수 세 명하고 싸울 때도 쩔쩔맸었는데 황계 고수라면 어느 정도 고강할지 충분히 짐작할 수가 있다.

"좌현으로 삼 푼(分)!"

그때 배의 앞쪽 선실에서 고함 소리가 들렸다. 선실 이 층 기둥에 세워서 묶어놓은 오번계주의 목소리다.

방향타는 후미에 있고 용구가 잡고 있는데 다 함께 모여서 대화를 하자면 대무영 등이 후미로 올 수밖에 없다. 그러면 전방이 보이지 않는데, 오번계주더러 전방을 살피며 소리치라고 시킨 것이다.

황하 이곳의 폭은 사백여 장에 이르지만 왕래하는 배가 매우 많다.

그렇지만 이 배처럼 덩치가 크면 다른 작은 배들이 다들 알아서 피해가기 때문에 그다지 염려할 것은 없다.

용구는 방향타를 좌로 삼 푼 틀고 잠시 기다렸다가 오번계주의 외침에 다시 똑바로 했다. 이후에 대무영은 다시 말을 이었다.

"너희는 따로 할 일이 있다. 너희가 어떻게 잘 해주느냐에 이번 일의 성패가 달려 있다."

자신들에게 성패가 달려 있다는 말에 세 사람은 바짝 긴장하여 귀를 기울였다.

"북금창 내부에 있는 적들은 모두 내가 해치우거나 돈을 훔칠 수 있는 방법을 찾아보겠다. 그동안 너희는 도주할 만반의 준비를 갖추어놓고 북금창에 불을 지른다."

"불을……."

불을 지른다는 것은 예상하지 못했던 계획이지만 좋은 생각인 것 같았다.

북금창에 불을 지르고 혼란한 틈을 타서 계획을 성공시킨

다는 것이다.

"우선 내가 잠입하여 어디에 돈이 있는지 확인한 후에 다시 나와서 불 지를 곳을 일러주겠다."

이어서 다섯 사람은 세부적인 계획을 세웠다. 오번계주가 자신이 알고 있는 내용들을 전부 실토했기 때문에 이 계획이 가능할 수 있었다.

대화가 웬만큼 끝났을 때 북설이 눈을 반짝반짝 빛내며 세 사람을 둘러보았다.

"북금창에 돈이 얼마나 있을까? 응?"

용구와 이반은 거기에 대해서 생각하고 있던 터라서 각기 자신의 생각을 말했다.

"은자로 일억 냥은 있지 않을까?"

"아냐, 모르긴 해도 이억 냥 정도는 있을 거야."

북설은 가소롭다는 표정을 지었다.

"머저리들. 사내자식들 통이 그렇게 작으냐?"

용구와 이반은 북설 입에서 나올 액수를 기대하며 그녀를 쳐다보았다.

북설은 의기양양하게 손가락 다섯 개를 펼쳐보였다.

"최소한 오억 냥은 있을 거다, 오억 냥. 음."

"오 억……."

용구와 이반은 벌린 입을 다물지 못했다. 과연 오억 냥이 어느 정도일지 상상도 되지 않았다.

또한 정작 말을 한 북설조차도 침을 질질 흘리면서 꿈을 꾸는 표정을 지었다.

그러나 대무영은 차분한 얼굴로 그들을 일깨웠다.

"북금창이 마학사의 보물창고라면 모르되 수금한 돈이 잠시 거쳤다가 가는 곳이라면 이번 달 수금액 정도가 있을 것이다. 그러니 너무 큰 기대는 하지 않는 게 좋다."

오번계주는 북금창의 사정에 대해서는 수박 겉핥기 정도로만 알고 있기 때문에 그곳에 돈이 얼마나 있는지, 과연 그곳이 수금한 돈을 잠시 모았다가 다른 곳으로 보내는 역할만 하는지는 알지 못했다.

이반이 애써 웃는 얼굴로 말했다.

"그렇다고 해도 보천기집 한 지역의 수금액 평균이 이천만 냥이라고 했으니까 세 지역을 합하면 육천만 냥이나 되지 않나요? 거기에 우리가 이미 탈취한 삼척이백만 냥을 합하면 무려 구천이백만 냥이라고요. 그 정도만 해도 엄청납니다, 단주."

"그래. 우리가 그걸 탈취하면 필경 마학사는 큰 타격을 받을 것이다."


운송선은 그리고도 닷새나 더 갔다.

낙수에서 동틀 녘에 출발했으니까 오늘로써 엿새째 밤을

맞이하고 있다.

황하 하류는 하남성 서쪽을 벗어나 하북성 남단을 오십여 정도 흐르다가 산동성으로 진입했다.

황하가 산동성 절반쯤 가로질러서 산동성의 성도 제남성(濟南城)을 백여 리쯤 남겨둔 곳에서 대무영의 운송선은 비로소 멈추었다.

그곳에는 동쪽에서 서쪽으로 흐르는 황하의 남북을 가로지르는 운하(運河)가 위치하고 있었다.

바로 저 유명한 회통하(會通河)라고 불리는 운하로써, 북으로는 북경까지, 남쪽으로는 절강성의 항주까지 이어져 있는 대륙의 동맥과도 같은 중요한 역할을 한다.

대무영네 운송선은 남쪽 운하에 진입하기 위해서 길게 줄을 늘어선 수십 척의 배하고는 멀찍이 떨어진 곳에 배를 정박시켰다.

운하를 출입하는 시각은 일출에서 일몰 때까지인데 지금은 일몰이 막 지나간 시각이다.

주위의 다른 배에서 떠드는 소리를 들으니까 이 각쯤 전에 운하 출입구를 닫았다고 한다.

그러나 대무영 일행은 어차피 운하에 진입하지 않을 계획이기에 상관이 없다.

밤사이에는 운하의 출입을 제한하기 때문에 운하로 들어

섰다가는 북금창에서 일을 벌인 후에 도망칠 길이 막막하기 때문이다.

"너 이름이 뭐냐?"
"진복(眞福)이오."
대무영의 물음에 오번계주는 어눌하게 대답했다.
이즈음 오번계주 진복은 절반쯤은 대무영 편이 다 되어 있는 상태였다.
낙수천화에서 은자 삼천이백만 냥을 수금해 오다가 몽땅 뺏겼을 뿐만 아니라 수하를 백오십여 명이나 잃었으니 그 상태로 북금창에 돌아가면 문책이 아니라 목숨을 부지하기 어려울 터이다.
더구나 자신이 알고 있는 사실을 모조리 실토했으니까 명백한 배신이다. 그러므로 대무영이 그를 살려서 놓아준다고 해도 죽은 목숨이나 다름이 없다.
마학사의 정보망과 추적술이 얼마나 끈질기고 정확한지 잘 알고 있기 때문이다.
현재로써 진복이 취할 수 있는 길은 무슨 일이 있어도 대무영 일행 곁에 붙어 있는 것뿐이다.
그리고 그가 북금창 터는 일이 실패하지 않도록 최대한 도우면서 간절히 빌어야만 한다.

제압된 상태로 대무영 일행과 엿새 동안 함께 있으면서 별별 궁리를 다 해봤지만 결론은 그것뿐이었다. 비참하지만 인정할 수밖에 없다.
 그러면서 장차 자신이 어떻게 해야 하는지 곰곰이 궁리해야 할 것이다.
 "설아, 진복의 혈도를 풀어줘라."
 "조장."
 "풀어줘라."
 대무영의 말에 북설은 펄쩍 뛰었으나 그는 개의치 않았다.
 간단한 혈도에 대해서 북설은 물론 유조와 용구, 이반조차도 알고 있지만 대무영은 전혀 모른다.
 배운 적도 없었으며 배울 생각도 한 적이 없다. 그다지 필요하지 않기 때문이다.
 그는 적을 만나면 모두 죽이거나 살려주었지 제압했던 적이 없었다.
 대무영을 쳐다보는 진복의 표정이 복잡해졌다. 그는 이제 떠도는 부평초 같은 신세가 되어 대무영 일행에게 운명을 맡길 수밖에 없는 상황이지만 그것은 혼자만의 생각일 뿐 아무에게도 말한 적이 없다.
 그러므로 혈도를 풀어주라는 대무영의 결단에 진복의 마음은 크게 흔들릴 수밖에 없다.

북설이 혈도를 풀어주니까 진복은 온몸을 부르르 떨었다. 엿새 만에 처음으로 몸을 움직일 수 있게 되자 뼈와 살이 잠시 제멋대로 움직였기 때문이다.

"고맙소."

잠시 후 진복은 대무영을 쳐다보며 짧게 말했다. 그는 자신의 지금 심정을 장황하게 설명하고 싶지 않았다. 그는 원래 과묵한 성격인 듯했다.

"식사 후에 나하고 같이 가자."

"알겠소."

대무영이 말하자 진복은 가볍게 고개를 끄떡였다. 그는 대무영이 어딜 가려는지 짐작했다. 북금창일 것이다.

대무영과 진복은 곧게 남쪽으로 뻗은 운하 옆의 관도 위를 어둠을 뚫고 나란히 달렸다.

진복은 배에서 마혈을 풀어주고 난 후 늦은 저녁식사를 하고 나서 이곳까지 오는 동안 입을 굳게 닫고 아무 말도 하지 않았다.

그는 자신이 계속 침묵을 지키고 있으면 대무영이 오해하지 않을까 염려하지 않았다.

그는 나름대로 엿새 동안 대무영의 성격을 파악했다. 나이는 비록 어리지만 과묵하면서도 결단력이 있고, 진중하면서도 신의가 깊은 성격이라는 것을 말이다.

　대무영 역시 진복이 쓸데없이 수다스럽지 않은 것이 마음에 들었다. 그는 꼭 필요한 말만 하는 사람을 좋아하는데 진복은 그런 편이었다.

　황하에서 남쪽으로 이어진 운하의 길이는 오 리 정도로 별로 길지 않았다.

　운하의 끝에는 매우 드넓은 호수가 펼쳐져 있으며 동평호(東平湖)이다.

　동서 폭이 이십여 리에 남북 길이가 칠십여 리에 달하는 산동성에서 두 번째로 큰 호수다.

　운하에서 동평호 북쪽 끝으로 나온 배들은 호수를 가로질러 남쪽 끝에서 다시 운하로 진입한다.

　운하의 출입 제한은 황하에서 진입하는 곳에서만 이루어지기 때문에 동평호 남단에서 남쪽으로 뻗은 운하로 진입하는 것은 자유롭다.

　그 운하는 남쪽 직선으로 백여 리쯤 내려간 후에 산동성에서 제일 큰 호수인 소양호(昭陽湖)로 이어진다.

　그때 달리고 있는 대무영과 진복 전방에 거대한 호수 동평호가 어둠 속에서 모습을 드러냈다.

　진복은 여전히 말없이 호숫가의 관도를 따라 계속 남쪽으로 달려갔다.

대무영은 달리면서도 주위를 세밀히 살피는 것을 게을리 하지 않았다. 주변에 있는 모든 것이 유사시에 필요하게 될지도 모르기 때문에 기억해 두려는 것이다.

또한 새로운 것을 발견하게 되면 그것을 재빨리 기존계획에 접목을 시켜보았다.

그래서 좋은 발상이 떠오르면 계획을 약간 수정하고, 그게 아니면 곧 잊어버리고 다른 생각을 한다.

"저곳이오."

이윽고 진복이 신형을 멈추고 처음으로 입을 열면서 대무영의 옷자락을 관도 가장자리의 나무 뒤로 잡아끌었다.

관도 전방 오십여 장 거리 어둠 속에 거대한 장원이 자리 잡고 있는 것이 보였다.

높은 담이 좌에서 우로 백여 장쯤 뻗어 있었고, 담 너머로는 웅장한 전각들이 보였다.

담이 높아서 삼 층 이상 높이의 전각만 보이는데 얼핏 세어 봐도 십여 개가 넘을 듯했다. 그렇다면 그보다 낮은 전각이 훨씬 더 많다는 뜻이다. 대단한 규모의 장원이다.

담의 왼쪽은 동평호이고 오른쪽 끝으로는 관도가 굽이쳐 지나가고 있다. 원래 관도는 직선인데 앞쪽에 장원이 가로막고 있어서 오른쪽으로 휘어진 것이다.

관도까지 돌아가게 만들다니 장원 주인의 위세를 저절로

짐작할 수가 있다.

이 장원이 바로 마학사의 보천기집 강북 백사십여 기루에서 벌어들인 돈을 쟁여놓은 북금창이다.

진복의 말로는 북금창은 철옹성(鐵甕城)이라고 했다. 나는 새조차도 진입하지 못하며 오로지 바람만이 자유롭게 드나들 수 있다는 것이다.

그러나 그것은 진복이 눈으로 직접 보고 확인한 것이 아니라 동료 등에게 귀동냥으로 들은 말에 불과하다.

그러므로 북금창 안팎을 도대체 얼마나 많은, 그리고 고강한 고수들이 물샐 틈 없이 지키고 있는지는 현재로썬 알 수가 없다.

그래서 우선 그것을 알아보기 위해서 대무영이 진복과 먼저 이곳에 온 것이다.

대무영은 진복과 함께 북금창을 멀찍이서 빙 돌면서 세밀하게 살펴보았다.

관도가 지나는 곳 중앙에 북금창의 전문이 있었다. 그런데 처음에 대무영이 봤던 가로 담보다도 세로 쪽 담이 훨씬 길었다.

가로 담은 오십여 장에 불과한데 세로 담은 무려 삼백여 장에 달했다.

대무영은 북금창과 오십여 장의 거리를 두고 둘러보았으나 특별히 눈에 띄는 점은 없었다.

그저 담이 이 장으로 매우 높고 장원 전체가 엄청난 규모라는 것 정도만 알 수 있을 뿐이다.

북금창 바깥을 경계하는 고수의 모습도 보이지 않았고, 망루 같은 것도 없었다.

진복 말로는 관도 쪽에는 북금창의 전문이 있고 반대편 호수 쪽에는 배로 북금창 안 깊숙이까지 진입할 수 있는 수로가 있다고 했다. 하지만 호수 쪽으로는 갈 수가 없어서 확인이 불가능했다.

"호수 쪽으로 가봐야 별것 없소. 수로가 있지만 항상 문이 굳게 닫혀 있고 배가 출입할 때만 열리오."

"음······."

대무영은 북금창을 둘러보고 또 궁리를 해봐도 쉽게 잠입을 할 수 있는 별 뾰족한 방법이 생각나지 않아서 잔뜩 미간을 좁혔다.

그렇다고 안에 뭐가 있는지, 어떤 자들이 어떤 형태로 지키고 있는지 전혀 모르는 상태에서 무조건 뛰어드는 것은 부신입화(負薪入火), 짚더미를 지고서 불로 뛰어드는 것처럼 어리석은 짓이다.

문득 한 가지 생각이 떠오른 대무영은 진복을 쳐다보며 낮게 속삭였다.

"호수 쪽에서 수로로 잠수해서 잠입하면 어떨까?"

그의 그런 질문은 진복을 더 이상 적이 아니라 동료로 여긴다는 뜻이다.

그러나 진복은 고개를 가로저었다.

"수로에는 수면에서 물속 바닥까지 촘촘한 쇠그물이 몇 개나 쳐져 있다고 들었소. 배가 출입할 때만 쇠그물을 거둔다고 하오."

"그런가?"

쇠그물이 쳐져 있다면 수로로 잠수해서 진입하는 것은 불가능하다. 그런데 대무영은 빙그레 엷은 미소를 지었다. 마침내 잠입할 수 있는 방법을 찾았기 때문이다.

대무영은 진복에게 기다리라고 이르고는 북금창 담 옆에서 슬며시 강물 속으로 들어갔다.

원래 말이 없는 진복이지만 대무영이 시도하려는 것이 가당치 않아서 몇 번 만류했으나 소용이 없었다. 대무영의 의지는 완고했다.

담 모퉁이에서 고개를 내밀고 쳐다보며 가늠을 해보니까 배가 드나든다는 북금창 호수 쪽 입구까지의 거리는 백여 장쯤 될 듯했다.

그는 즉시 물속으로 잠수하여 두 발이 바닥에 닿자 걷기 시작하면서 한 손으로는 오른쪽의 담을 뒤로 밀면서 앞으로 전진했다.

그의 목에는 물을 밀어내는 효능이 있는 목걸이 어천이 걸려 있기 때문에 물속에서도 자유롭게 호흡을 할 수가 있다.

잠시 후 수로 입구에 이르자 오른쪽으로 방향을 꺾어 수로 안쪽으로 진입했다.

툭…….

그런데 꺾자마자 머리에 부딪치는 것이 있어서 확인해 보니까 쇠그물이다.

진복이 말해준 것보다 더 촘촘하고 매우 굵은 쇠창살이 폭 십여 장의 수로 전체를 가로막은 광경이다.

진복이 수로에 쇠그물이 쳐져 있다고 해도 대무영이 이 방법을 고집한 데에는 그럴만한 이유가 있었다.

그는 망설임 없이 어깨에서 동이검을 뽑아 쇠그물을 향해 뻗었다.

진복에게 그 말을 들었을 때 동이검이 도검을 수수깡처럼 자르는 명검이라는 사실이 반사적으로 떠올랐기에 쇠그물쯤은 자를 수 있을 것이라고 생각했었다.

힘을 줘서 휘두를 필요도 없이 동이검을 쇠창살에 갖다 대고 슬쩍 아래로 긋자 쇠창살이 맥없이 툭툭 잘라졌다.

그는 쇠그물 오른쪽 가장자리에 잠깐 사이에 커다란 구멍을 뚫고 그곳을 통해 유유히 수로 안쪽으로 진입했다.

이곳까지 오는 동안 일각 정도가 걸렸지만 어천으로 인해서 생긴 수중의 둥근 원 안에서의 호흡은 여전히 원활했다.

그렇게 쇠그물이 앞을 가로막으면 동이검으로 구멍을 뚫으면서 전진하기를 다시 일각여, 다섯 개의 쇠그물에 구멍을 뚫고 대략 칠십여 장쯤 진입했을 때 새로운 광경이 전방에 나타났다.

여러 척의 커다란 배가 정박해 있는 광경이다. 눈에 띄는 것만 해도 다섯 척 정도이며 모두 수로 왼편에 일렬로 딱 붙어서 정박해 있었다.

진복처럼 보천기집의 다른 지역에서 수금해 온 돈을 싣고 온 운송선과 북금창의 배들이 섞여 있을 것이다.

대무영은 배들을 스치며 계속 전진했다. 뒤쪽에 배가 두 척이 더 있어서 모두 일곱 척이었고 그중에 가장 안쪽의 배가 가장 컸다.

대무영이 타고 온 진복의 운송선보다 절반 이상 큰 것 같았다. 그 배는 아마 북금창 소유인 듯했다.

마지막 배의 끄트머리에서 이 장쯤 되는 곳에 수로의 막다른 벽이 수직으로 가로막혔다.

대무영은 마지막 배가 바짝 붙어 정박해 있는 수로 벽 사이로 살짝 머리를 내밀었다.

그의 머리에서 수로 벽 꼭대기까지는 일 장이 채 못 되는 높이였다. 그는 꼼짝도 하지 않으면서 잠시 귀를 기울여 주위의 기척을 살폈다.

  그리고 그리 멀지 않은 곳에서 미약한 숨소리를 감지했는데 수로가 끝나는 곳 너머이며 두 명이다.

  조심스럽게 그쪽을 쳐다보니까 높이 삼 층의 거대한 전각이 괴물처럼 버티고 있으며 숨소리를 내는 자들의 기척은 그 아래쪽에서 감지되고 있지만 모습은 보이지 않았다.

  지금 감지되고 있는 숨소리를 내는 두 명은 아마도 수로가 끝나는 곳의 전각 입구를 지키고 있는 것 같았다.

  대무영은 잠시 생각했다. 운송선들이 수로를 통해서 진입하고 또 수로 끝에 엄청나게 큰 전각이 버티고 있다면, 운송선이 싣고 온 돈을 그곳으로 옮겼을 가능성이 크다는 결론을 내렸다.

  그는 다시 물속으로 잠수하여 수로의 막다른 곳으로 다가가 벽에 찰싹 붙은 상태에서 아주 느리게 수면으로 고개를 내밀었다.

  그 상태에서 눈을 치뜨고 위를 보았으나 두 명의 모습은 여전히 보이지 않았다. 그렇다면 수로의 막다른 곳에서 두 명이 있는 곳까지는 약간의 거리가 있다는 뜻이다.

  잠시 생각하던 그는 결국 그 두 명을 죽이기로 작정했다.

  그러지 않고는 수로에서 나갈 수가 없다. 나갈 수 없으면 왔던 길로 다시 되돌아가야만 한다.

하지만 아무런 소득도 없이 돌아간다는 것은 있을 수 없는 일이다.

최소한의 소득, 즉 정보라도 있어야지만 다시 돌아가서 세밀한 계획을 세울 수가 있는 것이다.

그는 두 손에 외공기를 잔뜩 주입한 상태에서 수직 벽에 찰싹 붙어서 최대한 천천히 올라가기 시작했다.

그러면서 벽 위쪽에서 두 명이 있는 곳까지의 거리가 이 장이내이기를 빌었다. 그래야지만 백보신권 건너치기로 두 명을 해치울 수 있기 때문이다.

만약 그가 벽 위로 머리를 내밀 때 두 명이 이쪽을 보고 있다면 낭패다. 그리되면 최대한 은밀하게 두 명을 해치우려는 계획이 실패하고 소란이 벌어질 수밖에 없다.

그렇다고 해도 물러날 수는 없다. 이미 화살은 시위를 떠났다. 이제 벽 꼭대기는 반 뼘밖에 남지 않았다. 머리를 내밀면 그것으로 돌이킬 수 없게 된다.

그는 다시 한 번 숨을 고르고 이윽고 아주 천천히 고개를 위로 올렸다.

머리와 눈 사이는 손가락 하나 길이밖에 안 되는데, 머리가 벽 위로 올라가고 이어서 눈이 사물을 확인하는데 걸리는 시간이 너무도 길게 느껴졌다.

"……!"

순간 그는 움찔했다. 그가 두 눈을 내민 곳 전면에 두 명의 홍의를 입은 고수가 나란히 우뚝 서 있는 모습이 보인 것이다. 웬만한 사람이었다면 놀라서 무슨 소리라도 내뱉었을 것이다.

그런데 예상 밖으로 그와 두 홍의 고수와의 거리가 너무 가까웠다. 반 장 남짓밖에 되지 않았다. 게다가 두 명은 당당한 자세로 정면을 뚫어지게 주시하고 있다.

만약 그들이 시선을 조금만 아래쪽으로 내리면 대무영을 발견할 수 있을 것이다.

대무영은 입안에 침이 바짝 말랐다. 저들이 이쪽을 보느냐 그대로 있느냐에 이번 일의 성패가 달려 있다고 해도 과언이 아니다.

그런데 그때 우려했던 일이 벌어졌다. 두 명 중에 왼쪽의 고수가 힐끗 시선을 아래로 내렸다.

그리고 그의 시선과 대무영의 시선이 반 장 거리를 두고 허공에서 정면으로 부딪쳤다.

『독보행』 6권에 계속…

이제부터 전자책은

# 이젠북

## www.ezenbook.co.kr

새로운 세계가 열린다!

서현 『조동길』 남운 『개방학사』 백연 『생사결』
목정균 『비뢰도』 좌백 『천마군림』 수담옥 『자객전서』
용대운 『천마부』 설봉 『도검무안』 임준욱 『붉은 해일』
진산 『하분, 용의 나라』 천중화 『그레이트 원』

이름만 들어도 황홀할 정도의 별들의 향연!

이들의 "유료연재"가 시작됩니다!

검색창에 **이젠북** 을 쳐보세요! ▼ 🔍

촌부 新무협 판타지 소설
FANTASTIC ORIENTAL HEROES

『우화등선』,『화공도담』의 뒤를 잇는
작가 촌부의 또 하나의 도가 무협!

무림맹주(武林盟主), 아미파(峨嵋派) 장문인(掌門人),
군문제일검(軍門第一劍), 남궁세가(南宮勢家)의 안주인.

그들을 키워낸 어머니—
진무신모(眞武神母) 유월향(柳月香)!

어느 날, 그녀가 실종되는데…….

"하, 할머니는 누구세요?"

무한삼진의 고아, 소량(少兩)에게 찾아온 기이한 인연.

세상과 함께 호흡을 나눌 수 있다면[天地同息]
천하의 이치를 모두 얻으리라[天下之理得]!

이제, 천하제일인과 그녀가 길러낸
마지막 자손의 이야기가 펼쳐진다!

Book Publishing CHUNGEORAM
WWW.chungeoram.com

# 신풍기협 神氣風俠

**FANTASTIC ORIENTAL HEROES**

윤신현 新무협 판타지 소설

---

「수라검제」, 「태양전기」의 작가 윤신현
우직한 남자의 향기와 함께 돌아오다!

사부와 함께 떠났던 고향.
기다리는 친구들 곁으로 돌아온 강진혁은
사부의 유언을 지키기 위해 강호로 나선다.
반드시 돌아오겠다는 약속을 남기고.

**"믿어라. 난 결코 허언을 하지 않는다."**

무인으로 살 것인가, 무림인으로 살 것인가.
고민을 안고 나아가는 강진혁의 강호행!

**신의 바람이 불어와 무림에 닿을 때,
천하는 또 하나의 전설을 보게 되리라!**

Book Publishing CHUNGEORAM
WWW.chungeoram.com

원생 新무협 판타지 소설
FANTASTIC ORIENTAL HEROES

## 2012년 대미를 장식할 초대형 신인
## 원생의 진한 향기가 풍기는 무협 이야기!

# 「낭왕 귀도」

전화(戰禍)의 틈바구니 속에서 형제는 노인을 만났고,
동생은 무인이, 형은 낭인이 되었다.

**"저 느림이… 빠름으로 이어질 때…
너희 형제의 한 목숨… 지킬 수… 있을……"**

무림의 가장 밑에 선 자, 낭인.
그들은 무공을 익혔으되, 무인이 아니고,
강호에 살면서도, 강호인이라 불리지 못한다.

낭인으로 시작해 무림에 우뚝 선
한 남자의 이야기가 시작된다!

Book Publishing CHUNGEORAM

유행이 아닌 자유추구
WWW.chungeoram.com

김현석 현대 판타지 소설

# 전능의 팔찌

## THE OMNIPOTENT BRACELET

「신화창조」의 작가 김현석이 그려내는
새로운 판타지 세상이 현대에 도래한다!

삼류대학 수학과 출신, 김현수
낙하산을 타고 국내 굴지의 대기업 천지건설(주)에 입사하다!

상사의 등살에 못 견뎌 떠난 산행에서, 대마법사 멀린과의 인연이 이어지고……

어떻게 잡은 직장인데 그만둘 수 있으랴!

전능의 팔찌가 현수를 승승장구의 길로 이끈다!

통쾌함과 즐거움을 버무린 색다른 재미!
지.구.유.일.의 마법사 김현수의 성공신화 창조기!

Book Publishing CHUNGEORAM

유행이 아닌 자유추구 -
WWW.chungeoram.com

# 獨步行 독보행

임영기 新무협 판타지 소설

FANTASTIC ORIENTAL HEROES

그날, 심산유곡에서 수련하던
한 명의 소년이 강호로 내려왔다.

모든 이가 소년을 비웃고,
모든 무사가 그를 깔봤다.

**소년은 흔들리지 않는다.**

"이 천하를 독보(獨步)하리라!"

한번 시작한 걸음, 결코 멈추지 않으리라.
**천하여! 무림이여!
대무영(大武榮)이 간다!**

Book Publishing CHUNGEORAM
WWW.chungeoram.com

「두령」, 「사마쌍협」, 「장홍관일」의 작가 월인
2013년 벽두를 여는 신무협이 온다!

**삭초제근(削草制根)!**
일단 손을 쓰면 뿌리까지 뽑아버렸다.

**무정(無情)!**
검을 들면 더 이상 정을 논하지 않았다.

그래서 나는 무정철협이 되었다.

진정한 협(俠)을 아는가!
여기 철혈의 사내 이한성이 있다!

「**무정철협**」

Book Publishing CHUNGEORAM

- 유행이 아닌 자유추구 -
WWW.chungeoram.com

# 까불지마!

FUSION FANTASTIC STORY

무람 장편 소설

**『태클 걸지 마!』의 무람 작가가
풀어내는 신개념 현대판타지 소설!**

24살의 대한민국 청년, 강태영
타고난 병으로 인해 온몸의 근육이 힘을 잃어가는 그가 부모마저 잃었다!

"제기랄! 이 빌어먹을 몸뚱이!"

좌절하여 모든 걸 포기하려던 바로 그날.

꽈르르릉! 번쩍!
강태영을 향해 떨어진 푸른 날벼락.
그리고 그가 눈을 떴을 때
그를 기다리고 있는 것은……

**날 비참하게 만들던 세상이여
더 이상 까불지 마라!**

Book Publishing CHUNGEORAM

유행이 아닌 자유추구 -
WWW.chungeoram.com

# 알케미스트

FUSION FANTASTIC STORY 시이람 장편 소설

2013년, 또 하나의 현대물이 깨어난다.
현대에서 펼쳐지는 연금마법진의 진수!

인간 최초의 9서클을 이룩한 마법사 아스란.
죽음의 위기에서 그가 남긴 유지가
차원을 넘어 지구에 떨어진다.

**일리미트 비블리어시카(Illimite bibliotheca)!**

그 무한한 힘과 지식을 얻게 된 김창준.
3년 전으로 돌아간 날을 기점으로,
삶이, 인생이, 그의 희망이 바뀐다!

**현대에 강림한 진정한 마법사의 전설!
끝도 없이 세상을 향해 날개를 펼치다!**

Book Publishing CHUNGEORAM

유행이 아닌 자유추구 -
WWW.chungeoram.com